<u>Die Schmeißfliege</u>

Für jede Fliege glänzt die Scheiße,
so schön, auf ihre eigene Weise.
Angezogen von diesem Kot und Mist,
steckt sie ihren Rüssel rein und frisst.

Mit ihren Füßen steht sie in dem Saft,
schlürft und schmatzt, denn das gibt Kraft,
stinkt und stapft und fliegt davon,
mit Kurs auf das Mittagsessen einer Person.

Füße voller Kackreste
tapsen über das Gemüse,
auch zum Fleisch, macht es die Biege,
denn alles schmeckt, der kleinen Fliege.

Doch es kommt, wie es kommen muss,
es trifft sie des Jägers letzter Schuss,
der Fliegenklatscher zerquetscht sie tot,
kein Blut was spritzt, es ist der Kot.

© J.D.Bennick

__Pepo__
__die__
__Sch(m)eißfliege__

<u>in</u>

__Ich bin zu alt für diese Scheiße__

<u>Achtung, dieses Buch beschreibt bizarre Szenen in abartigem Jargon, deshalb bitten wir die Zartbesaiteten und Kinder unter Euch sich nach einer anderen Lektüre umzusehen. Vielen Dank.</u>

<u>Von J.D.Bennick</u>

2. Auflage

Impressum

Bibliografische Information der Deutschen Nationalbibliothek: Die Deutsche Nationalbibliothek verzeichnet diese Publikation in der Deutschen Nationalbibliografie; detaillierte bibliografische Daten sind im Internet über http://dnb.dnb.de abrufbar.

Buch/ Geschichte © 2016 J.D. Bennick
Email: j.d.bennick@gmx.de
Homepage: jdbennick.jimdo.com

Illustration: © Johann Sturcz
  www.roy-omoshi.com

Herstellung und Verlag
BoD – Books on Demand, Norderstedt

ISBN: 978-3-7431-4286-2

Inhaltsverzeichnis

Kapitel 1 7
Kapitel 2 19
Kapitel 3 24
Kapitel 4 29
Kapitel 5 37
Kapitel 6 43
Kapitel 7 51
Kapitel 8 56
Kapitel 9 61
Kapitel 10 67
Kapitel 11 74
Kapitel 12 80
Kapitel 13 87
Kapitel 14 100
Kapitel 15 115
Kapitel 16 127
Kapitel 17 135
Kapitel 18 144
Kapitel 19 155
Kapitel 20 162
Kapitel 21 169
Kapitel 22 176
Kapitel 23 183
Kapitel 24 193
Kapitel 25 200
Kapitel 26 211
Kapitel 27 220

Gewidmet allen scheißesuchenden Insekten dieses Planeten.

Kapitel 1

Wie jeder weiß, haben es Fliegen nicht leicht im Leben. Das liegt mitunter daran, welches Bild die Menschen, aber auch die Natur selbst, von ihnen hat. Sie sind lästig, summen uns Menschen das Ohr immer dann voll, wenn wir gerade dabei sind einzuschlafen und sind bekannt für die Übertragung zahlreicher Krankheitserreger. Zudem gleicht ihr Aussehen, um es gelinde auszudrücken, einer derartigen Hässlichkeit, dass sich die Natur zu recht überlegt hat, sie an die unterste Stelle der Nahrungskette zu platzieren. Viele Fressfeinde bedeuten normalerweise eine nicht allzu sonderlich ausgeprägte Population. Aber irgendwas ist schief gelaufen – der Plan der Natur ging nicht auf. Ansonsten hätten sie es nicht auf eine beträchtliche Anzahl von 160.000 Arten geschafft (die Mücken hinzugerechnet – zusammen bilden sie die Unterart der Zweiflügler, aber keine Sorge, das hier ist kein Biologieunterricht!).

Unter den Fliegen gibt es wirklich sonderbare Variationen, wie die Fruchtfliegen, die jeder von uns schon einmal zwischen dem vermeintlich frischen Obst beobachten konnte, wie sie scheinbar unkontrolliert, völlig betrunken im

Zimmer umherschwirrten. Das liegt wahrscheinlich am Gärungsprozess, der das Obst in richtig alkoholhaltige Bioprodukte verwandelt, die, wie jeder Mönch (oder jede Fruchtfliege!) weiß, richtig gut in der Birne knallen. Was besonders die Fruchtfliegen nicht gerade zu den hellsten Leuchten ihrer Spezies macht (sie befinden sich ja sozusagen im Dauerrausch). Keine Polizei der Welt hätte so viele Plastik-Aufstecker für das Alkoholmessgerät, um sie alle auf den Alkoholkonsum hin zu überprüfen. Und somit ist die Fruchtfliege zweifelsfrei als Alkoholiker überführt. Aber nicht so ein Ordinärer, der sich von billigem Dosenbier ernährt. Nein, sie gilt als extravakanter Alkoholiker, als Kenner des wankenden Zustands, ein Gourmet im Suffparadies. Da sie sich nur im Saufen auskennt, ist sie, wie die meisten anderen Fliegen auch, nicht gerade von Intelligenz gesegnet, aber dazu später mehr.

Eine weitere Fliegenart und man denke da wirklich, was sich die Natur dabei gedacht hat, sind die Eintagsfliegen. Ich mein, ihr Name verrät schon so ziemlich gut, wie lange sie maximal im Spiel des Lebens mitmischen - gerade einmal vierundzwanzig Stunden. Die Natur hat sich wahrscheinlich gedacht, die ist so hässlich, die darf jede Erfahrung wirklich nur ein Mal machen. Ein Mal den Sonnenaufgang sehen, ein Mal den Tag und die Nacht erleben und dazwischen jede Menge „Spaß" am Leben. An nur einem einzigen Tag durchlebt sie das, was wir Menschen in durchschnittlich siebzig Jahren durchmachen. Und wie es im echten Leben so ist, meint es das Schicksal auch mit ihnen mal schlecht und mal gut. Wobei das Schicksal in diesem speziellen Fall schneller schalten muss, als die Server von Google, sonst kippen sie bereits tot um, noch ehe es zuschlagen konnte (bildlich gesprochen, die Fliegenklatschen ausgenommen).

Es gibt aber noch mehr kuriose Fliegen, wie die Gelbe Dungfliege, die besonders in Nordamerika verbreitet ist. Sie ist gelb und liebt Kot. Der Dung anderer Lebewesen ist ihre Liebeswiese und jetzt ratet mal, was sie dort machen (kleiner Tipp: Blumen pflücken ist es nicht). Natürlich gibt es auch unter den Menschen einige dieser verdorbenen Art, aber das würde jetzt zu weit gehen und den Rahmen der Vorstellungskraft sprengen.

In diesem literarisch anspruchsvollen Werk widme ich mich viel lieber einer sehr verbreiteten Fliegenart, die es in Europa weit gebracht hat. Gemeinhin bekannt ist sie unter dem Namen Schmeißfliege, die, genau wie die Gelbe Dungfliege, sehr von biologischen Abfällen (bekannt als Scheiße, Kacke, Kot, Dung... etc.) angetan ist. Unter den Klugscheißern ist sie auch als *Calliphoridae* bekannt, was sie (die Fliegen) aber keineswegs intelligenter macht.

Wer glaubt, alles über die Schmeißfliege zu wissen, nur weil er sich den Wikipedia-Artikel dazu im Internet durchgelesen hat, der wird nach dieser Lektüre gewissermaßen erstaunt darüber sein, wie falsch man doch als Homo (Sapiens Sapiens) denken kann. Auch wenn die eine oder andere Beobachtung durchaus zutrifft, so unterläuft man bei genauerer Betrachtung dennoch einem Irrtum. Ihre sozialen Strukturen ähneln nämlich den Unseren auf wundersame Weise. Es gibt unter ihnen Sozialschmarotzer, Arbeitslose, Alkoholiker und Workaholics, Familienfliegen, Scheidungsfliegen (was ca. 99,5 % aller Schmeißfliegen ausmacht), Reiche und Arme. Schmeißfliegen haben es in dieser Hinsicht viel schwerer als die Menschen, weil sie a) ganz unten auf der Nahrungskette stehen oder umgekehrt, als die billigste Speise ganz oben in der Menükarte und b) ihre Lebenserwartung, auch wenn sie keinem Fressfeind erliegen, nur zwischen 1 und 40 Tagen liegt. Es gibt jedoch eine Ausnahme, wie im wahren Leben üblich. Und diese Ausnahme ist 33

Jahre alt, hört auf den Namen Alberto und lebt mit einem verkrüppelten Flügel unter einem Belüftungsschacht der U-Bahn, auf dem ein Hot-Dog-Stand steht, der ihn täglich mit neuen Krümeln und anderen Speiseresten versorgt, die auf ihn herabregnen. Er muss sich gar nicht mehr bewegen, einfach nur seinen Saugrüssel in die Luft strecken und drauflosrüsseln. Die Schmeißfliege Alberto wird in dieser rühmlichen Legendengeschichte noch eine Schlüsselrolle spielen, aber ihr müsst euch noch etwas gedulden.

Die anderen Schmeißfliegen haben nicht das Glück, mit solch guten Genen (oder Imbissständen) ausgestattet zu sein, die jedem normalen Menschenverstand völlig unerklärlich wären, wenn er Kenntnis darüber erlangte (friss das Wikipedia!) oder in so einer vornehmen Gegend zu leben. Die meisten von ihnen haben also nur wenige Tage zur Verfügung, um ihrem Leben einen Sinn zu geben. Dabei wird ihnen der Sinn ihres Lebens bereits in die Wiege gelegt, denn in welchem sozialen Umfeld sie geboren werden, trägt maßgeblich zu ihrer Sinnfindung bei.

Die Besserverdiener werden dort geboren, wo es Ausscheidungen von Lebewesen zu Hauf gibt oder wo es andere Nahrung gibt, die leicht zugänglich ist. Also wenn man Eins und Eins zusammenzählt, werden die Reichsten unter ihnen, wenn ihnen das Schicksal hold ist, in asozialen Menschenvierteln geboren, wo man im wahrsten Sinne des Wortes vom Boden (fr)essen kann (weil allenfalls in diesen Gegenden das Wort „Staubsauger" nur in Verbindung mit Prostitution gebraucht wird). Bevorzugt leben sie in den Messiwohnungen. Das sind die teuersten Apartment, die ähnlich hohe Mietpreise haben, wie die der Menschen, die in den Metropolen dieser Erde leben. Die allerreichsten unter ihnen, sozusagen die Snobs unter den Fliegen, findet man auf Bauernhöfen, kreisend hinter Kuhärschen. Sie stinken vor Scheiße, sind scheißreich und führen ein scheißgeiles Leben. In einem Fliegenleben trifft wohl das Sprichwort „Aus Scheiße Gold machen" genau ins Schwarze (oder Braune).

Die reichste Fliege der Welt (die Währung der Fliegen, wie wir jetzt alle wissen, ist Scheiße aller Art - am liebsten Kuhfladen und die Kackwürste von Hunden und Katzen, obwohl die Inflation gerade bei den letztgenannten ziemlich hoch sein dürfte…), *Stinkstiefel Bill*, erlangte nach seinem tragischen Tod, posthum vierundzwanzig Stunden Ruhm und blieb für eine darauffolgende

Eintagsfliegen-Generation unvergessen (die zweite wusste schon nichts mehr von ihm), weil er als Einzige bekannte Fliege in seinem eigenen Reichtum erstickt war. Denn *Stinkstiefel Bill* nahm das Sprichwort „*In Scheiße baden*" nur allzu wörtlich, was ihm bedauerlicherweise zum Verhängnis wurde. Bei seiner Obduktion stellte man fest, dass er viel weniger an der dampfenden Kacke erstickt war, sondern, dass unverdaute Rückstände von Nüssen im brodelnden Kackhaufen seinen Tod verursacht hatten. Auf brodelnden Kackhaufen standen gewissermaßen nie Verpackungshinweise á la *Kann Spuren von Nüssen enthalten*, weswegen er wohl unbedacht und mit einem breiten Grinsen im Gesicht, in das stinkende Nass sprang. Die Rechnung für seine Torheit wurde ihm prompt serviert. Eine heftige allergische Reaktion wurde durch den Kontakt zu den Nussspuren in der dampfenden Scheiße ausgelöst. Infolgedessen schwollen seine Gliedmaßen so stark an, dass sie ihn unter die fast flüssige Kackoberfläche hinunterzogen. Sozusagen ist er dann doch wieder an der Scheiße erstickt.

In Scheiße zu schwimmen, so stellen sich die armen Fliegen, die schon während ihrer Geburt einen imaginären Fliegenklatscher-Klops auf den

Hintern mitbekamen, den Himmel vor. Aber davon sind sie weit entfernt. Sehr weit. Sie haben es nicht so schön, wie ihre stinkreichen Genossen. Warum? Na weil sie nicht das Glück hatten, in, aus menschlicher Sicht, asozialen Drecksverhältnissen hineingeboren zu werden. Sie erblicken das Licht der Welt in sauberen, klimatisierten Wohnräumen, wo Staubsauger-Roboter jeden Tag ihre Arbeit verrichten und ihnen jede noch so winzige Chance auf einen lebenspendenden Krümel nehmen. Die Chance in diesen Gegenden auf Scheiße zu stoßen, steht im selben Verhältnis für Menschen, den Jackpot im Lotto zu knacken, also 1: 139.838.160. Daher versuchen viele Schmeißfliegen aus ihren Gefängnissen auszubrechen, schaffen es aber meist nur bis zum nächstgelegen Fenster, das die große Freiheit verspricht. Es bleibt allerdings oft nur bei der Aussicht auf Freiheit. Stattdessen fliegen sie unermüdlich eine Runde nach der anderen gegen die Scheibe, stoßen sich dabei ihre bizarren Köpfe (ohne dabei zu verdummen - wo kein Hirn…) und verstehen bei ihrem Schöpfer nicht, was zur Hölle sie zurückhält. Und nach dem hundertsten Kopfstoß gegen die unbekannte Barriere, haben sie durch das Klopfgeräusch und das penetrante Summen meist schon ihren Henker bestellt. Und der liefert pünktlich und zwar meist ein erdrückendes (tödliches) Erlebnis.

Doch auch wenn es mal nicht die Menschen sind, die Jagd auf Schmeißfliegen machen, so gibt es noch eine ganze Palette an Wesen, die ihnen nach dem Leben trachten, wo wir wieder bei der Nahrungskette angelangt wären. Man denke dabei nur an die reichlich gesäten Spinnen, die wie es scheint, überall dort erscheinen, wo sich auch die fliegenden, nach Fäkalien suchenden Schmeißfliegen befinden. Aber nicht nur die Netze der Spinnen werden ihnen von Zeit zu Zeit zum Verhängnis. Da sind ja auch noch ihre eigenen Artgenossen. Und die meinen es wahrlich nicht immer gut miteinander. Eher fast noch im Gegenteil; kein Klumpen Kacke ist dem anderen vergönnt. Und so bekämpfen sie sich oft bis aufs Blut. Zahlreiche Invaliden-Schmeißfliegen fristen ihr kurzes Dasein nicht in den Lüften, erhaben wie Weißkopfseeadler, sondern sind für ein unzulängliches Leben am Boden verdammt, weil ihnen die Flügel ausgerissen wurden oder die Landebeine, ohne die sie sich nicht trauen zu starten (zugegeben, auch wenn sie sich durch die Lüfte bewegen, hat es nicht wirklich etwas Königliches, Erhabenes an sich, vor allem wenn sie braune, stinkende Häufchen umkreisen oder gar ihren Rüssel in die Scheiße anderer Lebewesen stecken, um sich den Wanst vollzuschlagen).

Die brutalen Kämpfe der Schmeißfliegen werden mit harten Bandagen geschlagen. Jedes Mittel ist ihnen recht, um ihren Gegner auszuschalten. Denn derjenige, der die meiste Scheiße vorzuweisen hat, hat auch die potentiell höchste Chance, sich mit den weiblichen Artgenossen fortzupflanzen. Und nach dem Scheiße-Fressen ist die sexuelle Betätigung eines ihrer Lieblingsbeschäftigungen. Zugegeben, das muss es auch, weil ihre Spezies sonst nicht fortbestehen kann. Aber Tatsache ist und bleibt, dass ihr tödlichster Gegner, ihr größter Antagonist, ihr persönlicher James Moriarty (der gefährlichste Gegenspieler Sherlock Holmes) letztlich sie selbst sind, in Gestalt ihrer eigenen Dummheit und Starrköpfigkeit. Sie ist es, die sie immer wieder in ausweglose, tödliche Lagen hineinmanövriert.

Bildung ist nämlich unter den Schmeißfliegen eine Rarität. Rarität trifft es dann doch nicht ganz, denn dieses Wort impliziert ja ein gewisses Vorhandensein von Bildungsmöglichkeiten. Aber gerade das sucht man vergebens. Sie leben meist als Dummköpfe und sterben als solche. Kein Wunder, dass sie deswegen auch nur einen bis wenige Tage auf Gottes Welt umherwandern dürfen. Hätten sie gut durchblutete Gehirne, die reichlich mit Sauerstoff versorgt würden (die Wahrscheinlichkeit, dass die Dämpfe der Scheiße ihre Gehirnzellen zerstören, ist gewissermaßen bewiesen), so hätten sie beste Überlebenschancen. Aber bei genauerer Betrachtung ist selbst das spekulativ, denn wenn sie eines besitzen, dann ist es neben einem guten Magen, der Kacke anderer Lebewesen verdauen kann (die Natur ist doch erstaunlich (widerlich)!), ein gutes Händchen zur Selbstzerstörung. Und das beweisen sie sekündlich.

In dieser rauen Welt, gespickt von tödlichen Gefahren, erblickte nun eine weitere, kosmologisch betrachtet, sehr unbedeutende Schmeißfliege, das Licht der Welt. Und zwar als ärmster Schlucker, den die Fliegenwelt je gesehen hat.

Doch kaum auf der Welt, litt er schon an Amnesie. Scheinbar ohne jegliches Erinnerungsvermögen, praktisch mittellos, völlig verlassen und allein, sozusagen als Einziger seiner abertausenden Geschwister, kam er, selbst überrascht von so viel Drama, bedauerlicherweise in einer der reichsten Menschenfamilien wieder zu Bewusstsein. Unglückliche Umstände, an die er sich nur vage erinnern konnte, hatten ihn an diesen schrecklichen Ort gebracht, wo es steriler zuging als in Krankenhäusern und Altenheimen (was angesichts der unhygienischen Zustände dort, nicht sonderlich schwer ist, deshalb dieser Vergleich etwas hinkt) und wo die Aussichten auf Futter (sein Magen krachte lauter als ein Chinaböller) so hoch waren, wie das Erfassen eines Gedankens bei einem Zombie (was auch in gewisser Weise durchaus auf ihn zutraf).

Und hier beginnt die Geschichte von einer Schmeißfliege, die ein Abenteuer nach dem anderen meistern muss, um ihr Überleben zu sichern. Wird sie es aus dem sterilen, hygienischen Armutsumständen schaffen, hin zu den menschlichen Slums und Ghettos, um sich, wie es der Titel dieses Buches vermuten lässt, auf der Suche nach Reichtum doch noch den Lebenstraum erfüllen zu können? Um ein kurzes, aber glückliches Leben als Sch(m)eißfliege zu führen? Wir werden sehen...

Kapitel 2

Pepo öffnete seine zahlreichen, widerlichen Facettenaugen und erwachte aus seiner Bewusstlosigkeit. Nur schemenhaft konnte er ein überdimensionales, weiß-gewölbtes Metallteil über seinem Kopf erkennen. Er lag unter einer Heizung. Wie lange er aber schon unter diesem lauwarmen Heizkörper lag, darauf hatte er keine Antwort. Alles woran er sich noch halbwegs erinnern konnte, war die gute Aufbruchsstimmung, die ihn überwältigte, als ihm die ersten dampfenden Kackgerüche durch seine Nase wehten. Er freute sich wahnsinnig darauf, endlich, nach endloser Suche, auf eine Scheißader gestoßen zu sein. Er erinnerte sich, wie er den herrlichen Duft nachflog, in der Sorge, dass es ihm andere Schmeißfliegen gleich taten und er daraufhin auf Überschallgeschwindigkeit beschleunigte (in menschlichen Verhältnissen waren es 6 km/h – er flog nämlich zufällig in eine Radarfalle, wurde aber nicht gestoppt, weil er in einer 30er Zone aufgestellt war).

Während er in Erinnerungen schwelgte, malte er sich die Geschichte soweit aus, als hätte er den sagenumwobenen Kack-Schatz gefunden, der ihn zur reichsten Schmeißfliege der Welt gemacht hatte. Doch die brutale Realität holte ihn auch gleich wieder zurück auf den Boden der Tatsachen, als ihn ein irrer Kopfschmerz durchzuckte. „Was ist gestern Nacht bloß geschehen?", fragte er sich und „Wo zum Kackhaufen bin hier gelandet?" Sein Blick schweifte über die weite Prärie des völlig sterilen und krümellosen Laminatbodens. Keine Fluse, kein Staubkörnchen war zu sehen. Nicht einmal hinter diesem Heizkörper, wo es normalerweise auch in den saubereren Gegenden oft vor Schmutz nur so wimmelte. Aber nicht hier und das konnte nichts Gutes bedeuten. Zumindest nicht für eine Scheiße suchende Schmeißfliege wie ihn. Er ahnte bereits in welch „gastfreundlichem" Viertel er gelandet war. Seine Vermutung wurde auch gleich bestätigt, als er ein lautes Brummen hörte, das von der anderen Seite des Zimmers zu ihm hervordrang. Seine feinen Härchen an den Beinen spürten bereits einen leichten Unterdruck im Raum, der ihn immer näher, an diese von menschengeschaffene Todeskonstruktion (so werden die Staubsauger im Fliegen- und Mückenkosmos genannt) zog. Doch noch war der Sog nicht so stark, dass er ihn mitriss. Und Pepo wusste instinktiv, dass er nur eine Chance hatte, dem Tod von der Schippe zu springen; wenn er es schaffen würde, rechtzeitig zu entkommen.

Aber wohin? Denn die Tücke dieses Instruments des Todes bestand darin, dass es, einmal seine Witterung aufgenommen, ihn unabschüttelich, überallhin verfolgte. Dieser Staubsauger klebte ihm dann näher am Hinterteil, als ein Furunkel am Arsch.

Pepo sah noch einmal genauer hin, was ihm angesichts seiner grässlichen, aber funktionalen Äuglein nicht schwerfiel. Die mechanische Konstruktion schien keinen Troll bei sich zu haben, das es lenkte (Troll war ihr Begriff für die Menschen). Trotzdem bewegte es sich wie von Geisterhand durch das Zimmer. Es musste unter einem bösen Zauber stehen, war sich Pepo sicher und seine Fantasie steigerte seine Ängste.

Von panischem Schreck erfasst, wollte er gerade losfliegen. Einfach nur weg, um dann seinen weiteren Fluchtweg zu improvisieren. Doch als er gerade losfliegen wollte, bemerkte er erst, dass eines seiner Beine unter einem kreisförmigen Blechstück begraben lag. Er versuchte mit heftigen Flügelschlägen der Falle zu entkommen, aber außer, dass er sich fast das Bein ausgerissen hätte, konnte er nichts weiter erreichen. Den Staubsauger im Genick, der sich nun seinen Weg zu ihm bahnte und der immer stärker werdende Sog, ließ ihn immer hektischer werden. „Oh Herr, bitte lass mich noch leben. Ich bin doch erst drei Tage alt.", betete er voller Verzweiflung und klopfte mit seinen übrigen Füßen gegen das Blechstück. Doch es rührte sich keinen Millimeter. Das weiße, runde Ungetüm stand kurz davor, ihn entweder einzusaugen oder ihn bei diesem Versuch zu zerquetschen. Als ihn nur noch wenige Zentimeter vor seinem unabwendbaren Schicksal trennten, schoss plötzlich ein klebriger Faden aus einer Ritze des Heizkörpers herab und hob das Blechstück an, sodass Pepo seinen Fuß befreien konnte. „Zöger nicht zu lange und flieg hier hoch! Sonst bekommt dich der Staubsauger-Roboter!", raunte ihn eine wenig vertrauenswürdige Stimme an.

Pepo blickte zwischen die Ritzen der Heizung und wusste nicht, was mit Staubsauger-Roboter gemeint war. Außer der Dunkelheit, konnte er nichts weiter sehen. Doch da. Ein, zwei, drei, vier leuchtende Augen, die abwechselnd zwinkerten. Es musste sich um eine Spinne handeln, daran bestand überhaupt kein Zweifel. Eine, die wohl ziemlich dumm sein musste und gerne die Naturgesetze missachtete. Schließlich standen Schmeißfliegen ganz oben auf ihrer Speiseliste. Vielleicht wusste sie einen Ausgang aus dieser Hölle. Da sie ihn gerettet hatte, dachte sich Pepo nichts dabei, als er genau die

Stelle anflog, aus der die Stimme kam. „Vielen Dank für die Rettuuuuuuuuunnnnnnnng!", meinte Pepo, als er auch schon von einem klebrigen Faden eingewickelt wurde, wie ein Jo-Jo daran hing und in der Heizung verschwand. Alles was er noch hörte, bevor die Spinne ihn in die Dunkelheit verschleppte, war, wie der ohrenbetäubende Staubsauger im selben Moment gegen die Wand krachte und wieder verschwand.

Kapitel 3

Pepo blickte angespannt in die düstere Gegend. Er konnte rein gar nichts erkennen, obwohl er alle seine Facettenaugen aufs Äußerste anstrengte. Er vermutete sein Ende. „Am dritten Tag erwischt, so ein Mist!", fluchte er.

Plötzlich tauchten knapp einen Millimeter vor seinen Facettenaugen vier glänzende Augen auf, die nicht ihm gehörten. „Du Dummerchen! Lieferst dich selber aus.", lachte eine fiese Stimme und die vier Augen klappten abwechselnd auf und zu. Noch bevor Pepo irgendetwas darauf antworten konnte, wurde er auch schon von seinem Henker hinterher gezogen. Dabei stieß er sich immer wieder seinen Kopf an den Innenwänden des Heizkörpers. Die Spinne trällerte derweil einen Monolog nach dem anderen. Völlig in Selbstgespräche versunken, überhörte sie die Wehklagen der kleinen Schmeißfliege.

Irgendwann trat die Spinne in ein Rohr, in das eine winzige Öffnung eingelassen war, durch die sie sich und die Beute zwängte. Pepo versuchte sich vehement aus seiner Gefangenschaft zu befreien, doch es kam ihm so vor, als würde er dadurch die Klebewirkung nur verstärken. Resigniert gab er auf und nahm jede Beule, die ihn auf dem Weg der Spinne ereilte, stoisch in Kauf.

Plötzlich wurde es Stück für Stück heller, bis sie schließlich in einem lichtgefluteten Raum standen. In einer Zimmerdecke hing sie Pepo kopfüber auf. Viele Spinnennetze waren an den Wänden gesponnen. Ausgesaugte Kadaver inbegriffen. „Aber du hast mich doch gerettet!", rief Pepo verwundert. „Ja das habe ich. Vor dem Staubsauger!", lachte die Spinne diabolisch. „Ihr Fliegen seid doch ziemlich die dümmste Spezies. Und überhaupt, wenn ihr getrunken habt. Dank deiner nicht vorhandenen Intelligenz habe ich heute Abend ein Festschmaus zu erwarten.", meinte die Spinne und rieb sich dabei die zwei vorderen, langen Beine. „Wie kommst du darauf, dass ich getrunken habe?", wollte Pepo von der Spinne wissen. „Dein Fuß klemmte unter einem Bierstöpsel. Und deswegen ist es mir nicht erlaubt, dich gleich zu verzehren, denn dein Blut ist wahrscheinlich noch mit Alkohol kontaminiert. Ich kann, im Gegensatz zu dir, nicht riskieren, betrunken zu sein. Die Auswirkungen wären…", die Spinne trat mit seinen scharfen Fressklauen kurz vor Pepos Kopf, „… TÖDLICH!" Dann verzog sich die Spinne erneut in den kleinen Spalt im Rohr, das zahlreiche, kleine

Echos aufgrund seiner tapsenden Fortbewegungsart durch das Metall schickte.

Jetzt, wo er so da hing, erinnerte er sich bruchstückhaft an die durchzechte Nacht in einer halbvollen Bierflasche. Mit einer wunderschönen Schmeißfliegen-Dame, die blau schimmerte und das ganz bestimmt nicht nur aufgrund seines berauschenden Zustandes, verbrachte er den ganzen Abend. Womöglich hatte er ihr von dem Scheiße-Geruch erzählt (so viel Prahlerei gestand er sich ohne weiteres zu – in seinem Kopf tickte ja immer die Lebensuhr mit und daher musste er das Fräulein schnell um den Finger wickeln). Viele Liter Bier musste er in jener Nacht durch seine kleine Kehle gepumpt haben (im Schmeißfliegen-Maßstab), weswegen er sich überhaupt nicht daran erinnern konnte, wie in Gottes Namen er in so eine arme Gegend geraten war. Und der Biergenuss schien auch der Hauptgrund für seinen von Kopfschmerz gegeißeltem Schädel zu sein. Es fühlte sich so an, als wäre sein Hinterkopf fünfhundert Mal von einem Fliegenklatscher getroffen worden (zugegeben, es musste eine noch nicht erfundene Fliegenklatsche gewesen sein, um so einen winzigen Hinterkopf zu treffen, die nicht gleich das ganze biologische

Konstrukt zerstörte). Doch wo war er jetzt hingelangt?

Die ausgelutschten Leichen unter seinen Füßen in Verbindung mit dem grellen Licht, das ihn schmerzte, ließ Unheilvolles ahnen. Eine Zukunft hatte er nicht zu erwarten, wollte er noch länger hier verharren.

Ein paar Zentimeter weiter, hing eine tote Biene im Netz, mit dem Hinterteil zu ihm gewandt und ausgefahrenem Stachel. Das konnte seine Eintrittskarte in die Freiheit sein. Er versuchte durch Körperverlagerung hin- und herzuschwingen, ähnlich wie das Pendel einer Uhr. Anfangs gelang ihm das nicht, aber mit der Zeit hatte er den Dreh heraus. Er schwang von einer Seite zur anderen, aber es fehlten immer die nötigen Millimeter zum Stachel, der in Pepos Gedanken bereits die Fäden, die seinen Körper umhüllten, mit Leichtigkeit durchschnitt.

Kurz vor dem Ziel hörte er das tapsige Geräusch durch das Rohr hallen. Die Spinne war auf dem Rückweg. Aber immer noch fehlte das Quäntchen Glück zur Vollendung seines Plans. Gerade als die Spinne mit seinem ekelerregenden Körper durch den Spalt gekrochen kam, erreichte Pepo den Stachel der Biene und saugte sich mit seinem Rüssel (Fliegenmund!) daran fest. Als die Spinne die Szene mitbekam, war sie außer sich vor Wut. Doch der Stachel löste sich langsam vom Leib der Biene und so schwang Pepo mit dem Giftstachel in seinem Mund zurück und spießte die Spinne dabei auf. Beim Zurückpendeln zog er den Stachel wieder heraus. Verletzt flog die Spinne auf ihren Rücken und schrie: „Ich hätte dich aussaugen und das Risiko eines Rausches eingehen sollen, als ich noch die Gelegenheit dazu hatte." Dann zuckte sein Körper zusammen und seine Beine klappten sich ein, wie die Außenspiegel von PKWs, die Platz sparten, um in Parklücken zu stehen, die viel zu klein waren.

Spinnen taten diesen letzten Akt immer, wenn sie der Tod ereilte. Vielleicht wollten sie, ähnlich wie die einklappbaren Außenspiegel, Platz bei der Sargauswahl schaffen, um nicht zu sehr auf die Tasche der Hinterbliebenen zu drücken. Aber letztlich wusste nur das Universum die Antwort auf diese ungestellte Frage.

Pepo war überglücklich. Er hatte sich gegenüber dem Sensenmann einen Zeitvorsprung erarbeitet. Doch auch wenn er die Spinne aus dem Weg räumen konnte, so war die gefährliche Situation noch immer nicht gebannt. Sein Leben hing noch immer an einem seidenen Faden.

Kapitel 4

Mit dem Stachel im Rüssel (Fliegenmund!), durchstieß Pepo einen kleinen Teil der klebrigen Spinnenfäden und riss ihn ruckartig nach oben. Phase für Phase löste sich von seinem Oberkörper. Die mühselige Arbeit kostete ihn viel Kraft. Besonders seine Nackenmuskulatur wurde bei dieser Aktion hart in Mitleidenschaft gezogen. Aber das war es allemal wert. Wenn er nicht so einen langen Rüssel (Fliegenmund!) gehabt hätte, um auch die unteren, einbandrollierten Körperstellen zu erreichen – er wäre mit Sicherheit dort verendet (Size does matter!).

Nachdem er nichts mehr zu schnippeln hatte, drehte und wendete er sich agil wie eine Schlangentänzerin. Mit dem Rücken klebte er ja zu seinem Leidwesen immer noch an den Spinnenfäden fest. Von weitem betrachtet, zuckte da eine Fliege an einem Faden herum, die einen epileptischen Anfall erlitten hatte. Aber in Wirklichkeit war es Pepos letztes Aufgebot an Muskelkraft, gegen die tödliche Gefangenschaft. Und siehe da, Pepo konnte doch tatsächlich einen seiner Flügel befreien.

Sofort startete er den Motor. Sein befreiter Flügel, der sich nun schneller bewegte als das Licht, schob ihn in kreisenden Bahnen immer wieder in hohem Bogen um den Platz seiner Gefangenschaft. Denn er klebte ja nicht nur mit dem Rücken am Spinnfaden, sondern dieses kokonartige Gebilde hing zudem noch an einem einzelnen, langen Faden von der Decke. Und so kreiste er wie die Erde um die Sonne. Doch anders als die Planeten, beschleunigte er immer weiter, bis die Zentrifugalkraft zu seinem besten Freund und Helfer wurde und ihn aus der Bahn schleuderte. Er knallte direkt gegen die Türe.

Der unklimatisierte Raum, in dem er gelandet war, schien selbst für Schmeißfliegen-Verhältnisse ziemlich klein zu sein. Die einzelne Glühbirne, die ohne Lampenschirm oder dergleichen daherkam und an einem längeren Elektrokabel von der Decke hing (ähnlich traurig wie Pepo gerade eben), leuchtete das Zimmer so hell aus, dass man meinen konnte, sie stünde kurz vor einer Explosion. Gerade als Pepo sich einen Überblick verschaffen wollte - er sah einen stinkenden Putzeimer neben sich am Boden, der durchaus seinen Reiz auf ihn ausübte - brannte der Draht der Glühbirne völlig durch und er steckte im Dunkeln fest. In einer Rumpelkammer, wie er vermutete. Nur das fahle Licht, das durch die Ritze am Boden der geschlossenen Türe hereinfiel, bot ihm eine winzige Sichtmöglichkeit und vielleicht auch den einzigen Ausweg aus dieser wahrgewordenen Hölle.

Pepo versuchte sich durch den Türspalt am Boden zu zwängen, doch um es auf den Punkt zu bringen – er war zu fett. Ob er es glauben wollte oder nicht, er brachte gerade einmal die beiden Vorderbeine hindurch. Da half auch alles Nachquetschen nichts mehr. Im Gegenteil, bei dem verzweifelten Versuch sich hindurch zu zwängen, erblindeten zwei seiner zahlreichen Facettenaugen (die Türkante wollte einfach nicht nachgeben!).

Daraufhin verfluchte er den Türmonteur aufs Gröbste. Natürlich kannte er keine Türmonteure oder Schreiner. Bei ihm klang das eher so: „Verflucht seist du Schöpfer und Nutzer dieser unüberwindbaren Barrikade. Ich wünsche dir Unheil, das dich um deine Scheiße bringt!" Und Scheiße ist DIE Währung im Schmeißfliegen-Kosmos.

Wenn Pepo allerdings gewusst hätte, dass der Hausmeister und Benutzer dieser Tür gerade an Durchfall litt und dieser Umstand ihn zu einer der reichsten Schmeißfliegen überhaupt machen könnte, so hätte er sich eher mit ihm verbrüdert, als ihm einen Fluch an den Hals gewünscht (wobei der

Fluch ihn ja gerade zum Durchfall veranlasst hätte, der ihn wiederum… ach lassen wir das). Zu diesem Zeitpunkt wusste er auch noch nicht, dass es genau dieser beißende Kackgeruch des Hausmeisters war, dem er ursprünglich folgte, ehe er vom (rechten) Weg abkam und ab in die berauschende Bierflasche flutschte.

Verzweifelt blickte Pepo an der Türe entlang. Auf halber Höhe entdeckte er unverhofft das Schlüsselloch, das sich ihm offenbarte wie die Pforte zum Himmel. Es leuchtete so stark, wie das andere Ende des Tunnels, das Menschen oftmals nach einem Nahtoderlebnis schilderten. Es sah aus, wie ein eigens für Fliegen gemachter Torbogen, der in die Freiheit führte. Langsam summte er an das Schlüsselloch heran und blickte hindurch. Das gebündelte Licht, das durch die Öffnung hereinfiel, blendete ihn kurzzeitig. Doch nach wenigen Augenblicken gewöhnten sich seine aberhundert Facettenaugen (minus zwei) an die Helligkeit und er sah die ersten Trolle (so werden die Menschen im Insektenkosmos genannt) daran vorbeilaufen. Und wo die Trolle waren, war meist die Scheiße und andere Fressalien nicht weit.

Als er gerade dabei war, sich voller Vorfreude durch das Tor zu bewegen, kam ihm eine

Metallwand entgegen, die genau die Form des Tores ausfüllte – und drückte ihn wieder zurück in die Rumpelkammer. „Nein, nein, nein!", schimpfte er, als er das Desaster von unten aus begutachtete. Das Leuchten des Tores war verschwunden. Nur noch die Ränder des Türschlosses schimmerten blass. Pepo nahm allen Mut zusammen und flog die Metallwand an, die nun zwischen ihm und dem wohligen Gefühl der Freiheit stand. Er musste dieses Ding zurückschieben und wenn er dabei draufging.

Dieses Metallding schien jedoch sehr robust zu sein, weshalb er, wenn er es richtig machen wollte, einen gewissen Anlauf benötigte. Auch wenn er in der Rumpelkammer so gut wie nichts sehen konnte, außer der allumfassenden Dunkelheit, so wagte er dennoch den Blindflug ins Ungewisse, um genügend Distanz zum Ausholen zu schaffen (er lief durchaus Gefahr sich bei diesem waghalsigen Manöver in eines der vielen Spinnennetze zu verfangen!).

Er beschleunigte von 0 auf 6,7 km/h in weniger als einer tausendstel Sekunde, fokussiert auf das Türschloss, gewillt die Mauer mit brachialer Gewalt zu durchstoßen. Doch im selben Moment drehte sich die Metallwand im Torbogen und die gesamte Türe öffnete sich plötzlich vor seinen

Augen. Pepo konnte nicht mehr abbremsen! Aber das war auch gar nicht in seinem Sinne. Er flog so schnell ihn seine Flügel trugen an dem Troll vorbei, der die Türe soeben geöffnet hatte. Dieser schlug mit seiner Hand nach ihm, verfehlte Pepo allerdings, der fast graziös eine Rolle flog, um nicht getroffen zu werden.

Gerade als er sich schadenfroh und zungebleckend nach dem Troll umsah, knallte er gegen eine andere Fliege, die sich NASA-technisch auf direktem Kollisionskurs mit ihm befand. Beide knallten auf den frisch gebohnerten Fußboden und schlitterten unter den Reinigungswagen des Hausmeisters.

Als Pepo sich kurz durchschüttelte, sah er die bezaubernde, blauschimmernde Schmeißfliege von letzter Nacht wieder, mit der er Zug um Zug die Bierflasche geleert hatte. Zumindest in seiner verschwommenen Erinnerung, deren Stärke nicht unbedingt darin lag, Fakten chronologisch richtig abzuspeichern.

„Hey, du bist doch die hübsche Fliegenlady, mit der ich mich gestern betrunken habe!", sagte Pepo voller Bewunderung und in der Hoffnung, sie könne ihm sagen, wie und vor allem, warum er hier gelandet war. „Und du musst der Idiot sein, der die

Verkehrsregeln nicht kennt.", antwortete sie ihm schnippisch, während sie ihren Kopf mit den Beinen bürstete und ihm keinerlei Beachtung schenkte. „Tut mir leid. Ich bin gerade aus den Klauen einer Spinne geflohen, da achte ich nicht mehr so auf die Verkehrszeichen."

„Spinne?", fragte die Lady mit zittriger Stimme. „Ja, aber keine Angst, ich hab sie mit einem Bienenstachel erledigt. Die liegt eingeklappt wie ein Klapprad in dieser Rumpelkammer, aus der ich gerade geflohen bin.", verkündete er stolz. „Hört sich so an, als wärst du die richtige Schmeißfliege, die Frau an ihrer Seite haben sollte.", scherzte sie. „Ich bin übrigens Pepo.", stellte er sich vor.

Erst jetzt erkannte die Fliegenlady ihren Unfallpartner. „Du lebst…!", flüsterte sie zu sich selbst. „Ich, äh, ich bin Lana." Im selben Moment fiel auch ihr wieder die besagte Nacht in der Bierflasche (zu der die Insekten „Kelch des Vergessens" sagen) ein. „Kannst du dich denn an gar nichts mehr erinnern?", fragte sie Pepo zögerlich. „War die gestrige Nacht so schlimm?", wollte Pepo im Gegenzug von ihr wissen und malte sich gleichzeitig aus, wie er mit Lana einen wunderschönen Abend verbracht hatte, der, naja, ihr wisst schon wie endete.

„Ich kenne dich Pepo. Und die Nacht im *Kelch des Vergessens* ist schon ein halbes Leben her – 20 Tage in etwa." „20 Tage? *Kelch des Vergessens?*", dachte sich Pepo erschrocken. Sein halbes Leben war vorbei und er hatte überhaupt keine Erinnerung daran. Was war ihm nur Schreckliches widerfahren? Vielleicht, so hoffte er, konnte diese bezaubernde Schmeißfliege ihn darüber aufklären. Da sie ihn wohl besser kannte als er sich selbst, musste sie auch eine Antwort auf seine Fragen haben!

Kapitel 5

„Ich habe da ein gewisses Problem und bräuchte deine Hilfe." Mit einem Hundeblick der Mitleid erregen sollte, starrte er sie an. Doch unter Fliegen machte es keinen Unterschied, ob sie einen Hundeblick vortäuschten, lächelten oder griesgrämig dreinsahen – sie sahen IMMER gleich aus. Also verfehlte auch der Hundeblick seine Wirkung, woraufhin Pepo seine Taktik änderte und es mit einem Lächeln versuchte.

„Warum starrst du mich so an?", wollte Lana von ihm wissen, die peinlich berührt war, so angegafft zu werden und die ihrerseits einen argwöhnischen Blick aufsetzte, den Pepo ebenfalls nicht imstande war, wahrzunehmen. Denn wie bereits erwähnt, hatten Fliegengesichter einfach keine Mimik drauf!

„Äh, nichts weiter. Für mich liegt die Nacht im *Kelch des Vergessens*, übrigens ein sehr zutreffender Name, einen Tag zurück und keine 20. Kannst du mir bitte verraten, wie ich die erste Hälfte meines Lebens verbracht habe und wie ich dort überhaupt gelandet bin?"

Lana dachte scharf nach. Irgendetwas schien ihr mächtig Kopfschmerzen zu bereiten. Das konnte man sehr gut daran erkennen, weil sie rumzuckte wie ein überlastetes Stromkabel. Doch ein Licht ging ihr beim Nachdenken nicht auf und bevor sie bei dem Rumgezappel noch ihr Genick brach, entschied sie sich, nicht auf Pepos Fragen einzugehen und stattdessen zu schweigen. Fest entschlossen, startete sie ihre Flügel, bereit zum Wegfliegen, als Pepo mit einem bestimmten „Bitte hilf mir!" doch noch ihren Start verzögerte.

„Normalerweise würde ich dir nicht helfen!", fuhr ihn Lana an. „Ich meine, du hast mich auf eine falsche Fährte gelockt, hast mir Scheiße im Überfluss versprochen. Und ich war so dumm, deinen Worten Glauben zu schenken. Und alles was ich bekam, war dieser Hausmeistersohn-Troll, der Durchfall hatte und seinen Vater ansteckte und dieser seine Mitarbeiter. Ich verstehe nicht, warum diese Trolle alle ihre Kacke in diese runden Spülkästen versenken und davonspülen. Jedes Mal, wenn einer einen Haufen hineingesetzt hatte, der mir ein Leben ohne Sorgen ermöglicht hätte, spülte er ihn vor meinen Augen wieder weg. Weißt du, wie ich mich dabei gefühlt habe? Ich glaube nicht, so teuflisch wie du bist. Ich habe mich nächtelang in den Schlaf geweint, nicht verstanden, warum? Warum du mich so quälen wolltest?" Pepo hörte sich ihre Geschichte an, die nun in ihm Mitleid erregte. „Du musst mir glauben, das war nicht in meinem Sinne. Aber wir haben gerade ein weitaus größeres Problem!", stammelte er.

Langsam bewegte sich der Reinigungswagen weg, unter dem sie sich versteckt hielten. „Ach ja und was? Was könnte wichtiger sein als dein Versprechen einzuhalten und mich von meinen seelischen Qualen zu erlösen indem du mich scheißreich machst?", fauchte Lana. „ZU LEBEN!", schrie Pepo und deutete auf einen mächtigen Fliegenklatscher, der sich mit rasender Geschwindigkeit auf sie zu bewegte. Beide sausten davon und der Fliegenklatscher donnerte haarscharf an ihnen vorbei.

Gemeinsam schwirrten sie durch die Flure des Gebäudekomplexes, bis sie gegen eine große, durchsichtige, sensorgesteuerte Schiebetüre knallten. Wiederholt flog Pepo gegen die Scheibe an, von der er dem Anschein nach nicht wusste, dass sie existierte, da ihm sein Gehirn sonst den Befehl gegeben hätte, damit aufzuhören. „Irgendetwas hält uns fest!", rief er zu Lana, die vom Aufprall gezeichnet, auf dem Fußabtreter lag. „Da, ein Troll im Anmarsch!", rief sie zu ihm. Pepo sauste zu Lana und sie wurden Zeugen, wie der Troll ohne weiteres die vermeintliche Barriere durchschritt. „Siehst du, ich wusste, dass das der Ausgang ist!", freute sich Pepo, als hätte er die versunkene Stadt Atlantis wiederentdeckt, die er gar nicht kannte und flog erneut mit voller Geschwindigkeit gegen die Scheibe. Er prallte, wie konnte es anders sein, wieder dagegen. „Das gibt's doch nicht!", fluchte Pepo, schüttelte sich kurz und flog erneut gegen die Scheibe an. Wieder ohne Erfolg. Und so ging das noch fast acht Stunden lang, in denen sich Lana, die seinen unerschütterlichen Willen sich dort durchzumogeln zwischenzeitlich gemütlich von einem Fenstersims aus beobachtete, köstlich über ihren Retter amüsierte. Doch nach den acht Stunden strömten Horden von Trollen aus allen erdenklichen Himmelsrichtungen herbei und verließen fast fluchtartig das Gebäude durch diese Energiewand. Völlig atemlos rang Pepo nach Luft. „Das…(puh!) ist… unsere… Chance!", schnaufte er und flog mit Lana im Trollstrom durch die Energiebarriere zum nächstgelegenen Abfalleimer, dessen stinkenden Geruch er schon von weitem witterte und wo sie neue Kraft tankten.

Die Sonne ging langsam unter und tauchte den Horizont in ein warmes Orange. Der Duft von Frühling lag in der Luft und überall konnte man die

Verliebtheit spüren. Zwischen Brotkrumen und Dönerfleisch (und unzähligen Maden), aßen sie sich in einem Abfalleimer im Park satt. Doch auch wenn sich gelegentlich ihre Beine in einem stillen Moment berührten, dann nur deswegen, weil sie sich gerade im Kampf um denselben Krümel befanden. Für so viel Romantik hatten die beiden einfach kein Auge! Stattdessen fraßen sie wie die Schweine, kauten mit offenen Rüsseln (Mündern), schmatzten und furzten.

Als sie ihre widerlichen Bäuche gefüllt hatten, bedankte sich Lana bei Pepo. „Du hast mein Leben gerettet. Ich werde dir helfen, dich daran zu erinnern, was vor 20 Tagen passiert ist." Pepo freute sich. „Jetzt ist genau die richtige Zeit für eine Gute-Nacht-Geschichte.", scherzte er, als die Sonne ganz vom Firmament verschwunden war. Doch was ihm Lana erzählen sollte, würde ihn, sagen wir mal so - verändern.

„Du kannst dich nicht nur an die letzten 20 Tage erinnern, sondern an die letzten 34!" Lana kannte das Prinzip der schonungsvollen Nachrichtenübermittlung nicht und so fiel Pepo kurzzeitig in eine Art Schock-Koma, von dem er erst nach weiteren zwölf Stunden erwachte. Als die Sonne aufging, erwachte er, alle Beine von sich streckend und mit einem lauten Gähnen. „Ich muss eingeschlafen sein.", weckte er Lana, die neben ihm vor sich hin schlummerte. „Bitte erzähl mir noch mal, was mit mir passiert ist. Woran du dich als letztes erinnern kannst, was mich betrifft." Lana fing noch einmal an: „Du kannst dich nicht nur an die letzten 20 Tage erinnern, sondern an die letzten 34." Derselbe Satz, dieselbe Wirkung. Pepo fiel wieder in ein zwölfstündiges Schock-Koma.

Als er erwachte, war Lana verschwunden. Nur ein zerknüllter, gelber Post-It lag neben ihm, auf dem sie mit ihren Exkrementen eine Nachricht hinterließ. *„Wenn du wirklich wissen willst, was mit dir geschehen ist, finde heraus, wer „Der Don" ist!"* Pepo fragte sich, was es mit diesem geheimnisvollen *Don* wohl auf sich hatte und schnüffelte mit seinem Rüssel an der Nachricht von Lana. Der betörende Duft ihrer Fäkalien verfehlte seine Wirkung nicht. „Ich glaube, ich bin verliebt."

Kapitel 6

„Ich muss diesen Don finden.", murmelte Pepo vor sich hin, als Lana scheinbar zufällig an dem Abfalleimer vorbeisurrte. „Du bist ja noch immer da.", stellte sie erstaunt fest. „Gerade erst aufgewacht!" Lana landete neben ihm in einem Klecks Dönersauce. „Hast du meine Nachricht gelesen?", fragte sie Pepo, der ihre Frage mit einem verliebten Blick (den sie nicht wahrnehmen konnte, da Fliegen seit Urzeiten absolut keine Mimik beherrschten) und einem butterweichen „Ja" erwiderte.

„Wer ist dieser Don? Und warum sollte ausgerechnet er wissen, warum ich absolut keine Erinnerung an mein vergangenes Leben habe?", wollte er brennend wissen. Lana zögerte etwas. Sie verhielt sich so, als würde sie irgendetwas bedrücken. „Du musst wissen...", sie überlegte es sich kurzerhand doch noch einmal ihren Rüssel zu halten und sich womöglich noch zu verplappern. „Was muss ich wissen Lana? Was?" Erwartungsvoll blickte er Lana in die zahlreichen Facettenäuglein. „Das musst du schon selbst herausfinden. Ich kann dir nur sagen, wo der Don lebt." Lana blickte sich ein, zwei Mal um, um sicher zu gehen, dass sie nicht von anderen Insekten und Kriechtieren belauscht wurden. Dann flüsterte sie ihm nicht nur den Aufenthaltsort in seine nicht vorhandene Ohrmuschel, sondern auch, worum es sich bei dem mysteriösen Don handelte. Pepo schreckte auf. „Waaas? Der Don ist eine riesige, ekelhafte, glibbrige Kröte, die am Wasserloch lebt (gemeint war ein kleiner Teich inmitten des städtischen Parks)?"

Pepo überlegte. Lange. Wie angewurzelt stand er vor Lana. Vielleicht kamen ihm gerade in diesem Moment Erinnerungsfetzen hoch, Schnipsel, die in seinem bizarren Kopf Bilder einer verflixten Kröte projizierte. Aber mit so wenig intakten Gehirnzellen, war das kaum möglich. Wie sollte es auch? Zweifellos, die im *Kelch des Vergessens* verabreichte Dosis an Alkohol war für das Massensterben seiner wenigen Synapsen im Kopf verantwortlich. Und dazu musste er das Gebräu nicht mal trinken. Aufgeheizt durch die Sonne, reichten schon die Dämpfe des Gebräus aus, ihn völlig verblöden zu lassen.

Lana, die bereits mehrmals wild mit ihren Beinen vor seinen Augen herumfuchtelte, aber darauf keine Reaktion bekam, saß sozusagen in der Warteschleife fest. Er war so damit beschäftigt, zu denken, dass kurzzeitig seine Atmung ausfiel. Verständlich, wenn maximal drei verbliebene Gehirnzellen nicht nur seinen gesamten Stoffwechsel regulierten, sondern nun auch die Aufgaben der verbliebenen Zellen übernahmen, die sonst für die Erhaltung seiner Vitalfunktionen zuständig waren. Dadurch blieb er, so gut es ging, am Leben.

Als die Geduld von Lana ihre Grenze erreicht hatte (gesalzene 77 Minuten später) und sie dabei war wegzufliegen, stand Pepo noch immer bewegungsunfähig da und strengte seine drastisch minimierten, aber gut durchbluteten Gehirnzellen an. Diese Anstrengung kostete ihn jedoch vier bis fünf weitere seiner Facettenaugen, die beim Prozess der Datenverarbeitung in seinem kleinen Kopf kurzzeitig hintanstellen mussten und nicht durchblutet werden konnten. „Wenn das so weitergeht, bin ich blind, bevor die große, gelbe Scheibe vom Himmel verschwunden ist.", dachte er reumütig, als sechs weitere Lichter in seinem Facettennetz ausgingen. „Vielleicht sollte ich das Denken aufhören." Sein groß angelegter Denkanstoß verlief jedenfalls im Sande und außer, dass er der völligen Erblindung ein Stückchen näher gekommen war, hatte sich dadurch nichts getan. Den Don, war er sich zu hundert Prozent sicher, kannte er nicht. Aber er sollte sich irren. Denn die fette, schwabblige Kröte kannte ihn nur allzu gut.

„Lana, bring mich zu ihm!", forderte Pepo voller Enthusiasmus in einem wachen Moment. Erst jetzt bemerkte er, dass sie längst gegangen sein musste, denn sie hinterließ ihm wieder eine Nachricht. Diesmal auf einer dunklen Serviette mit weißer Dönersauce (dem Geruch nach zu urteilen, Knoblauch).

Treffe mich, sobald es dunkel ist, auf der großen weißen Seerose, die alleine im Wasserloch vor sich hinschwimmt. Du wirst mein Zeichen am Himmel erkennen, sobald du losfliegen kannst. Erzähle niemanden etwas davon, hörst du. Bitte verwische die Schrift. Gruß Lana.

Pepo war sehr angetan vom Knoblauch/Dönergeruch der Sauce UND von Lana, aber gegenwärtig mehr von der Sauce, die er voller Entzücken mit seinen Beinen (dort liegt der Geschmackssinn von Schmeißfliegen) betatschte und gierig von der Serviette abschleckte. Wusste sie etwas, was er nicht wusste? Und wenn ja, was? Die Erkenntnis, dass sie mehr wusste als er, war in Anbetracht seiner Umstände gar nicht schwierig. Eine Larve, die frisch aus einer Dungkugel geschlüpft ist, wusste mehr als er (wahrscheinlich nicht nur erinnerungstechnisch). Er fragte sich warum Lana diese Geheimniskrämerei an den Tag legte ohne auch nur ansatzweise ernsthafte Anstalten zu machen, diesen Gedanken zu Ende zu denken. Schließlich war ihm sein verbliebenes Augenlicht zu teuer. Daher verbrachte er den restlichen Tag mit Faulenzen im Abfalleimer und mit der Resteverwertung. Nachdem er sich seinen Wanst vollgeschlagen hatte, eine kleine Wölbung an seinem Bauch war unverkennbar, legte er sich im Schatten einer Getränkeverpackung nieder, um zu dösen.

Zwei dürre Stechmücken, mit langen, spitzen Stechrüsseln und schlanken Beinen, landeten am Abend, nach ihrer Jagd auf Blut, lachend vor Pepo und bemerkten ihn nicht. „Den Trollen haben wir es aber wieder gezeigt!", brüstete sich die eine. „Oh ja, die sind ja so dämlich. Sie spüren nicht mal, wenn wir sie aussaugen. Erst hinterher ist das Geheul groß bei ihnen!", lachte die andere. „Genau! Wie sie sich dann zu kratzen anfangen und dabei ihre Gesichter verziehen.", meinte wieder die erste. „Hör auf! Hör auf! Ich kann nicht mehr!", krümmte sich die andere vor Lachen. Beide bekamen sich nicht mehr ein. Die beiden Stechmücken amüsierten sich köstlich über die Trolle, die eine gute Platzierung auf ihrer Nahrungskette einnahmen und somit als Spezies weit (weit) unter ihnen standen. Zumindest in ihren Augen (wie es in Wirklichkeit ist, wissen die Trolle selbst).

Während des Gelächters wachte Pepo allmählich auf. Vor ihm standen die großen Artgenossen (siehe Kapitel 1) mit dem Rücken zu ihm. Er wackelte unter ihren langen, schlanken Beinen hindurch und gesellte sich zu ihnen. Das Lachen der Stechmücken steckte ihn dermaßen an, dass er einfach mitlachte – immer lauter – bis er einen regelrechten Lachanfall bekam. Die Mücken vers(t)ummten, nur Pepo bog sich vor Lachen. „Siehst du, was ich sehe?", fragte die eine Stechmücke ungläubig und stupste seinen Kollegen an. „Ja das glaub ich doch nicht.", erwiderte die andere und bückte sich vornüber, um die Schmeißfliege genauer zu betrachten. „Wenn das nicht der entflohene Häftling Pepo ist."

Nun flog die andere Mücke hinter Pepo, sodass er eingekreist war. Bedrohlich türmten sie sich über ihm auf. Pepos Gelächter wurde wieder zahmer, als er die Drohgebärden der beiden mitbekam, bis er nur noch gelegentlich kicherte, um letztlich ins Schweigen zu verfallen. „Häftling?

Ich?", fragte Pepo erstaunt. „Der Don wird uns hoffentlich fürstlich für die Ergreifung dieses Verbrechers belohnen." Pepo traute seinen Ohren nicht. Er, ein Häftling und Verbrecher? „Jungs, ich glaube ihr müsst euch irren. Ich heiße Friedolin. Ganz recht, so heiße ich!", meinte er und stieß im Rückwärtsgang an den scharfen Stech-Apparat der einen Mücke, die sich hinter ihm positioniert hatte. „Jungs? Willst du uns veräppeln. Wir sind Frauen! Das sieht man(n) jawohl! Komm schnapp ihn dir Adelheid! Dem zeigen wir`s." Adelheid holte mit ihren langen Vorderbeinen aus, um ihn zu schnappen, doch Pepo lief geradewegs unter dem zarten Körper der anderen Steckmücke hindurch um einen phänomenalen Flugstart hinzulegen. Im Laufen nämlich, fing er mit seinen Flügeln zu schlagen an und sauste gen Himmel empor. „Er entwischt uns Felizitas! Unternimm doch was!", schrie Adelheid ihrer besten Freundin zu. Doch Pepo flog bereits hoch in der Luft und bekam von der Zankerei der beiden hässlichen Damen (was hatte sich die Natur nur dabei gedacht – igitt, igitt) nichts mehr mit. Er sah einige (Menschen-) Meter entfernt, am Wasserlauf, einen blinkenden Pfeil in der Luft, der nach unten auf die Seerose zeigte (die vereinbarte Stelle für das Treffen zwischen ihm und Lana).

„Zeichen hin oder her, ich fliege jetzt da hin!", brummte Pepo, der den Pfeil anscheinend nicht als das Zeichen verstanden hatte. Die beiden Stechmücken Adelheid und Felizitas nahmen augenblicklich die Verfolgung auf und stellten ihre Flugrichtung auf den seltsamen, blinkenden Pfeil ein, der mehr als ungewöhnlich und groß am Horizont erschien und wohl das Interesse von weitaus mehr Insekten in der Umgebung auf sich zog, als Lana eingeplant hatte. Aber wie weit konnte eine Schmeißfliege schon planen? Ein dezentes Zeichen, ein Zeichen das Leben retten könnte, sah jedenfalls anders aus, als diese Leuchtreklame.

Kapitel 7

Pepo summte fröhlich vor sich hin, als links und rechts neben ihm diese garstigen Mücken auftauchten. Mit ihren widerlichen Stelzen versuchten sie ihn abwechselnd zu packen. Doch nicht mit Pepo. Er gab Vollgas und überholte beide, während Adelheid und Felizitas ein weiteres Mal ausholten, um sich seiner habhaft zu machen, dabei aber gegeneinander prallten und sich mit ihren Füßen ineinander verhedderten. Trotzdem verfolgten sie ihn weiter, wenn auch nur mit halber Geschwindigkeit. Ein groteskes Bild bot sich Pepo, der sich ein Mal mehr nach ihnen umblickte. Er sah, dass die beiden Mücken anscheinend aufgegeben hatten, aber dafür nun eine anomale Mücke mit zwei Köpfen hinter ihm her war. Bei dem Anblick war er so angewidert, dass er sich durchschütteln musste. Dabei lösten sich zwei Tropfen Dönersoße von seinen Pfoten, die Adelheid und Felizitas in die Augen trafen. „Es brennt so!", schrien sie wie die Hottentotten, die zum ersten Mal Kohlensäure getrunken hatten. Wie ein abgeschossenes Propellerflugzeug schmierten sie vom Himmel ab und platschten in den Teich. „Hilf uns!", riefen sie voller Verzweiflung, als sie auf dem Wasserloch trieben. Doch Pepo überhörte sie (womöglich bekam er den Absturz gar nicht mit, weil er einfach zu viel Angst vor der mutieren Mücke hatte und starrköpfig geradeaus flog). Schon waren Adelheid und Felizitas verschwunden. Nur die winzigen, ringförmigen Wellen, die sich auf der Wasseroberfläche ausbreiteten und die abtauchende Rückenflosse eines Karpfens, ließen erahnen, was ihnen Schreckliches widerfahren war. Zu recht.

Die leuchtenden Punkte, die dieses merkwürdige Symbol in den dunklen Himmel zeichneten, kamen Pepo während des Flugs immer näher. Dabei stellte sich heraus, dass es sich hierbei um Glühwürmchen handelte - Freunde von Lana. Sie riefen Pepo zu, die ihn anscheinend kannten. „Lande dort unten, nein, dort… doohorrrt!" Pepo war wirklich schwer von Begriff, mehrmals donnerte er mit voller Geschwindigkeit an dem Pfeil und an der Seerose vorbei, wo Lana bereits, geheimnisvoll verhüllt in einem zugeschnittenen Spinatblatt, sodass man ihr Gesicht nur erahnen konnte, auf ihn wartete. Erst als sie die Kapuze abnahm und ihr reizender Kackgeruch durch die Lüfte emporstieg und Pepos Flugbahn kreuzte, erkannte er seine große Liebe wieder und landete aufgeregt neben ihr.

„Hallo Schönheit!", begrüßte Pepo locker fluffig, fast machomäßig angeberisch, die mittlerweile stinksauer gewordene Lana. Gott sei Dank konnte er ihre Wut nicht am Gesicht ablesen (ihr wisst ja... Fliegen und Mimik sind wie Minus- und Pluspol, sie passen einfach nicht zusammen), denn sonst hätte er die Stierhörner aus ihrem Kopf wachsen sehen und weißen Rauch, den sie aus der Nase schnaufte. „Pepo, ich weiß ehrlich nicht, warum ich für dich mein Leben aufs Spiel setze.", fauchte Lana. „Sag du es mir!", erwiderte Pepo und brachte sie damit aus ihrem Konzept. Verdutzt sah sie drein. Mit dieser Antwort hätte sie nicht gerechnet und sie ließ sich auf derlei Diskussion erst gar nicht ein. Denn der Tod lauerte überall auf die beiden. Vor allem für Verräterinnen, wie sie.

„Bevor ich anfange...", begann Lana zu sprechen und sah ihre leuchtenden Freunde an, die nun aus der Pfeilformation ausgetreten waren und wild durcheinander über ihren Köpfen schwebten. Die Glühwürmchen verstanden auf Anhieb, was Lana von ihnen verlangte und sie wollten auch gar keine Zeugen des Gesprächs werden. Deshalb verschwanden sie, noch ehe Lana ihren Satz zu Ende sprechen konnte.

„Pepo. Dort hinten lauert der Don. Er ist eine nimmersatte Kröte. Ich weiß, dass er dir die Antworten auf deine Fragen geben kann. Das einzige, wirkliche Problem ist, dass du auf seiner Speisekarte die Top 10 anführst.", warnte sie ihn. „Verstehe!", gab Pepo von sich mit einem dicken Fragezeichen im Gesicht. „Der Don wird dich fressen, wenn du nicht genug Sicherheitsabstand zu ihm hältst.", erklärte Lana. „Aja!", entgegnete ihr Pepo und machte den Eindruck, als verstünde er nicht worum es ging. „Ein letztes Mal Pepo! Du kannst sterben bei dem Versuch dich dem Don gegenüberzustellen!"

Pepo fing an sich mit seinen Beinen zu putzen. Das machte er immer wenn er am Schlauch stand oder gerade nichts Besseres zu tun hatte. „Pepo!", raunte Lana, der sich dadurch nicht aus dem Konzept bringen ließ und noch einmal mit seinen Vorderhaxen um seinen Kopf fuhr. „Lana! Ich bin ehrlich. Ich habe keine Ahnung was du mir mitteilen willst. Du redest andauernd vom Essen, aber nie vom Trinken. Ich habe keine Ahnung was du von mir erwartest!" Eine kurze Pause folgte. „Bei dir ist doch Hopfen und Malz verloren.", gab Lana auf und wollte gerade davonfliegen, als eine Mückenpatrouille, vier an der Zahl, sich der schwimmenden Seerose näherten. „Schnell! Versteck dich unter einer Blüte!", schrie sie flüsternd und folgte ihrer eigenen Anweisung.

Die Mücken umkreisten die Seerose zwar, doch im Mantel der Dunkelheit konnten sie niemanden feststellen. Zwar hatten die Lichter der Glühwürmchen auch ihre Aufmerksamkeit auf sich gezogen, aber auf der Seerose zu landen schien ihnen in Anbetracht des lauernden Karpfens und den beiden verschwunden Stechmücken Adelheid und Felizitas (sie hätten sich längst zum Zapfenstreich melden müssen) als zu hohes Risiko. Sie betrachteten die Seerose nur mit flüchtigen Blicken und als sie verschwunden waren, klärte Lana Pepo darüber auf, dass die Mücken die Handlanger des Don wären und sich schon lange auf der Suche nach ihm befänden. Pepo verstand die Welt nicht mehr (nicht, dass er sie je verstanden hätte) und blickte in die tiefschwarze Nacht. „Aber warum suchen sie ausgerechnet nach mir?"

Kapitel 8

Zum ersten Mal rückte Lana ganz nah mit ihrem Körper zu Pepo auf, der voller Kummer in die sternenklare Nacht blickte, sodass sich ihre Beine kurz berührten. „Du kannst nicht zum Don!", flüsterte sie. „Wie bitte?", hakte Pepo nach, als ob er sich verhört hätte. „Ich kann das nicht zulassen. Ich wollte dich ihm ausliefern, weil er meine Familie gefangen hält!" „Du bist liiert und hast Kinder?", erschrak Pepo und seine Hoffnungen auf eine Liebesgeschichte mit ihr, schwanden so schnell wie Elefantenkacke, die von Mistkäfern wegtransportiert wurde. „Ich? Nein, ich doch nicht." Sie schüttelte den Kopf und errötete. „Meine Eltern und meine 50 Geschwister. Ich hatte noch keinen Partner."

Zunächst erschien es Pepo wichtiger, sich um die Verhältnisse von Lana zu kümmern, als sich der Problematik mit dem Don zu widmen. „Keinen Partner? Aber du musst doch steinalt sein, genau wie ich!" Pepo wusste es, direkt auf den Punkt zu kommen, ohne Umwege, direkt auf die Wunde. Komplimente machen? Nicht, wenn man keine Zeit mehr hat. Außerdem kannte er die Reaktionen auf Frauen nicht, wenn es um die Einschätzung ihres Alters ging oder hatte es zumindest vergessen. *Der*

Kelch des Vergessens war ihm mal wieder zuvor gekommen. Aber in diesem Fall hatte er ja ausnahmsweise recht. „Ich äh, ich habe mich für einen besonderen Mann aufgespart…", erwiderte sie verlegen und stocherte mit ihren Beinen in der Blüte umher. Pepo wurde eifersüchtig. „Und warum bin ich es nicht?", wollte er ungeduldig von ihr wissen, angewidert von dem Gedanken, dass sie sich mit einem anderen auf einer Kotkugel paaren würde, als mit ihm. Lana zögerte eine Antwort heraus und blickte Pepo verlegen an. Ehe sie etwas andeuten konnte, was er mangels Mimik-Interpretation sowieso nicht verstanden hätte, rettete sich mit letzter Kraft ein Grashüpfer auf die Seerose, der kurz vorm Ertrinken stand.

„Helft mir!", forderte er panisch, der noch immer mit seinen mächtigen Hinterbeinen im Wasser hing. „Der Karpfen packt mich gleich!" Pepo und Lana sahen bereits die Rückenflosse durchs Wasser pflügen und zogen ihn schnell in Sicherheit. Als er so klitschnass vor ihren stinkigen Füßen lag, verschwand die Rückenflosse des Karpfens in die ungeheuren Tiefen des Wassers. „Vielen lieben Dank!", meinte der Grashüpfer, völlig außer Atem. „Ich bin übrigens Kiv." Der Grashüpfer beutelte sich die Wassertropfen von seinen Gliedern und richtete sich auf. Als er Pepo sah, hielt er kurz inne. Irgendwoher kannte er diese Schmeißfliege. Als er die Verletzung, eine gut sichtbare Narbe am Hinterleib sah, erkannte er ihn sofort wieder. „Du..., du..., du bist es!", rief er überschwänglich, während Lana versuchte, seine euphorischen Ausbrüche zu bremsen, indem sie ihm ein Blütenblatt in den Mund stopfte. „Sei doch still. Gerade eben waren Dons Mückenlakaien hier!" Kiv spuckte das halb angekaute Blütenblatt wieder aus seinem Mund. „Pah! Dann nichts wie weg hier."

Pepo betrachtete den halbdurchnässten Grashüpfer mit Argwohn, auch wenn man das nicht an seinem Gesicht ablesen konnte. „Du kennst mich?", fragte er Kiv ungläubig. „Soll das ein Witz sein? Jeder kennt dich!", entgegnete ihm der Grashüpfer und verstand die Frage nicht ganz. „Sag mal, hat der sich einen hinter die Binde gekippt?", wollte er von Lana wissen. „Nein! Er war tagelang im *Kelch des Vergessens.*" Kivs Kopfantennen zogen sich vor lauter Mitgefühl ein. „Das erklärt so manches. Vielleicht soll es nicht sein.", meinte er schließlich und senkte seinen Kopf. „Moment mal. Was soll nicht sein und was erklärt so manches?", fragte Pepo, der total verwirrt neben den beiden stand. „Du kannst dich nicht erinnern. Der *Kelch des*

Vergessens ist schuld daran.", sagte Lana. „Ja Pepo. Du magst es vergessen haben, aber ich nicht!", motzte Kiv dazwischen. „Du warst der Einzige der Don die Kröte die Stirn geboten und den Fliegenaufstand angeführt hat. Und darum hat dich der Don in den *Kelch des Vergessens* gesperrt.", erinnerte er sich wieder.

Als Pepo diese Geschichte hörte, musste er sich kurz hinsetzen. Das sah bei Schmeißfliegen nicht anders aus, als wenn sie herumstanden, entlastete aber ungemein ihre Beine. „Ist das wahr?", fragte er Lana mit gleich-groß-bleibenden Facettenaugen? „Ja!", antwortete sie ihm kurz und knapp. „Kannst du dich vielleicht jetzt wieder an irgendetwas erinnern?", wollte Kiv neugierig von ihm wissen. „Ich will nicht erblinden!", schreckte Pepo auf und keiner verstand seinen Ausruf, der in keinem Kontext zu stehen schien. „Sicher, dass es ihm ansonsten gut geht?", fragte der Grashüpfer die Schmeißfliegen-Lady. „Sicher nicht! Aber wir müssen ihn trotzdem vor Tagesanbruch von hier wegbringen, ansonsten sitzen wir hier dem Don und seinen Schergen wie auf dem Präsentierteller." Kiv aber wollte bis zum Morgengrauen warten. Er hatte schreckliche Angst in der Dunkelheit. Besonders, wenn er nicht wusste, was in der Tiefe des Teichs auf ihn lauerte. Naja, er wusste es zwar, aber er wollte mindestens das Ufer sehen können, bevor er sich aus dem Nass befreite.

„Wir sollten bis morgen früh warten. Der Karpfen ist ständig auf der Jagd. Ich werde mich hier nicht wegbewegen, bevor ich nicht in der Lage bin, ihn im Wasser zu sehen. Fliehe ich jetzt, unterschreibe ich gewiss mein Todesurteil." Lana machte sich nichts aus Kivs Bedenken und Plänen. „Du kannst hier warten, bis du eines natürlichen Todes stirbst. Mir egal. Denn ich bin eine Fliege! Genauso wie Pepo. Der Karpfen ist dein Problem. Los Pepo, verschwinden wir von hier."

Pepo war in seinen Gedanken gefangen. Er wusste nicht, ob die Nacht seine Augen in Dunkelheit hüllten oder ob er nun völlig blind geworden war, wegen seiner Anstrengungen, sich an irgendetwas zu erinnern. Wie ein zerbrochenes Mosaikgebilde versuchte er, die einzelnen Stücke in seinem Kopf mit Mühe an die richtige Stelle zu setzen, sodass er wieder ein Gesamtbild vom Geschehen bekam. Angestrengt und mit rauchendem Kopf teilte er ihnen seine Gedanken mit. „Ich… kann… mich… ERINNERN!", sprühte es aus ihm heraus wie ein Feuerwerk.

Kapitel 9

Mit diesem inbrünstigen Ausschrei der Freude lockte er prompt die Mückenpatrouille an, die sich unweit der Seerose in luftiger Höhe befand. Wie die Sturzkampfbomber jagten sie vom Himmel und landeten mit ihren dürren Waden auf einem Blütenblatt der weißen Seerose. Durch ihr Gewicht tippte das Blütenblatt leicht auf die Wasseroberfläche und verursachte eine unscheinbare, kreisförmige Welle – kaum wahrnehmbar.

„Na wenn das nicht Pepo und seine lausigen Gefährten sind.", lachte eine von ihnen und wischte sich über ihren scharfen Stechrüssel, bereit zu vollenden, worum sie gekommen waren. Sie drängten Pepo, Lana und Kiv in die Ecke, die nun nicht mehr wegfliegen konnten. Über ihren Köpfen ragten massig Blütenblätter und die vier Blutsauger bildeten mittlerweile einen Keil zwischen ihnen und der Freiheit. Immer näher schritten sie auf die drei zu und führten gewiss nichts Gutes im Schilde. „Ich erinnere mich!", flüsterte Pepo freudvoll zu Lana, als säßen sie gerade nicht in der Todesfalle. Als er sie mit einem Erguss seiner Erinnerungen erfreuen wollte, schnappte irgendetwas aus dem Teich nach der Blüte, worauf die vier Mücken zuvor standen. Die Erschütterung war so groß, dass die Insekten allesamt heftig durchgeschüttelt wurden. „Das ist der Karpfen!", schrie Kiv voller Erregung. Jetzt bekamen es sogar die Handlanger des Don mit der Angst zu tun. Bis auf einen, der den anderen die Belohnung schmackhaft machte, die ihr Chef an diejenigen auszahlte, die ihm Pepo brachten. Tot oder lebendig - oder irgendetwas dazwischen.

Die Mücken ließen sich daraufhin von dem Karpfen, der wenige Zentimeter unter ihren Füßen und der Seerose aufgeregt hin- und herschwamm, nicht mehr beirren und setzten ihre Stechrüssel als Degen ein. Sie versuchten Kiv und Lana aufzuspießen, doch Pepo riss geistesgegenwärtig (vielleicht machte das die gute Teichluft aus), das weiße Blütenblatt über ihren Köpfen nach unten. Drei der Mücken durchstießen es zwar und verfehlten nur knapp die Körper ihrer Beute, doch nun steckten sie fest. Pepo ließ das Blütenblatt los und es schnalzte davon. Die Mücken schleuderten in den Teich. Und sogleich sie im kalten Nass landeten, verschwanden sie in den unheimlichen Tiefen des Wassers. Bis auf eine, die fassungslos da stand und Pepo ungläubig ansah. Ihre schlotternden Beine überführten sie des Unbehagens in Pepos Nähe, der nun selbstbewusst auf sie zuging.

Plötzlich wurde die Seerose durch den Karpfen erschüttert. Diesmal aber, musste er sich am Stil festgebissen haben, denn das Blütengebilde schaukelte wild hin und her, bis der Karpfen wohl den Stil durchgebissen haben musste. Es wurde ruhig. Trügerisch ruhig. Fortan trieben die drei, mit der vor wahnsinnigem Schrecken gepackten Mücke, die vor lauter Angst bewegungsunfähig schien, langsam, aber stetig über das Wasser. Doch dieser Zustand währte nicht lange. Der Karpfen schien durch die drei Mücken, die er verspeist hatte, gerade erst auf den Geschmack gekommen zu sein. Er verbiss sich in den kurzen Stil, der an der Seerose hing und fetzte damit durch den Teich.

Die Mücke stach, inspiriert durch Pepos Gewaltakt, der drei seinen Kollegen das Leben gekostet hatte, mit ihrem Degen von oben durch ein Blütenblatt, auf dem sie Fuß fasste, um sich so fest daran zu klammern, wie sie nur konnte. Wie ein Dartpfeil steckte sie nun darin fest, mit den Füßen in den Himmel ragend. Pepo und Lana krallten sich indes mit ihren abartigen, aber nützlichen Beinen so fest wie möglich an der Oberfläche der Blüte fest (sie besaßen winzige Widerhaken an ihren Füßen, mit denen sie **gleichzeitig** senkrecht an einem Kuharsch empor klettern konnten und dabei auch noch die im Fell verhedderten Kackreste schmecken konnten; das wäre genauso, als würde ein 100 Meter Sprinter während des Wettkampfes massig Burger vernaschen und trotzdem als Erster durchs Ziel laufen... Natur, Natur, welch Kreativität doch in dir steckt... und der Tod). Und auch Kiv krallte sich so fest er konnte. Er verbiss sich sogar in einer Blüte, die es aber bedauerlicherweise nicht mehr lange zu machen schien. Durch die rasende Geschwindigkeit, mit der der Karpfen durch das Wasser pflügte, hingen Kivs Beine horizontal in der Luft, über die Blüte hinaus. Für einen außenstehenden Teichbeobachter mag es lustig ausgesehen haben, dass eine Seerose mit einem Affenzahn über das Wasser flitzte, mit zwei Fliegen, einer „Dartmücke" und einem verbissenem Grashüpfer darauf, der wie eine Fahne im Winde wehte. Und in der Tat, das tat es auch. Aber hinter dem lustigen Schauspiel verbarg sich ein ernstzunehmender Todeskampf.

Plötzlich drehte der Karpfen die Richtung. Er hoffte, dass die potentielle Mahlzeit mit diesem abrupten Wendemanöver ins Wasser fiel. Und er hatte recht. Kivs Blüte fiel von der Rose. Sie konnte den G-Kräften einfach nicht mehr standhalten.

Langsam schwebte sie, mit Kiv als Passagier, auf die Wasseroberfläche hinab. „Das Gericht ist serviert!", rief die Mücke, um den Karpfen auf Kiv aufmerksam zu machen, konnte aber ihren Stechrüssel, der ja gleichzeitig ihr Mund war, kaum öffnen und daher klang es, wie wenn man jemanden beim Reden die Nase zuhielt. Laut und deutlich, wie es in Militärkreisen gefordert wurde, war zwar anders, dennoch verfehlte sein Wink mit dem Zaunpfahl nicht seine Wirkung.

Der Karpfen ließ, getrieben durch seine unbändige Gier nach etwas zum Futtern, kurz von der Seerose ab. Dabei trieb sie langsam in einige Meter Entfernung an Kiv vorbei, der ängstlich auf dem abgerissenen Blütenblatt saß. Seine Hinterbeine waren sehr angespannt, so als ob er sich für einen Sprung bereit hielt. Pepo und Lana sahen nur noch die Flosse des Karpfens in Richtung des einzelnen, weißen Blütenblattes abtauchen, auf dem Kiv wie angewurzelt stand. Der Nervenkitzel war kaum mehr auszuhalten, als die Seerose unverhofft gegen das Ufer knallte.

Pepo betrachtete die „Dartmücke", die noch immer festsaß. Von alleine konnte sie sich nicht aus ihrem selbst verschuldeten Gefängnis befreien. „Soll ich helfen?", fragte er Dons Lakai, der sich wahrlich abmühte, schnellstmöglich zu verschwinden. „Das wäre richtig nett.", erwiderte er in dem Nasen-Zuhalte-Ton. Pepo spannte die Blüte und zielte in Kivs Richtung. "Aber doch nicht so!", jammerte die Mücke. „Anders geht's nicht. Nur so kann ich helfen, und zwar Kiv." Dann ließ er die Blüte los und die Mücke schnalzte neben Kiv in den Teich. Durchnässt versuchte sie Halt auf dem Blütenblatt zu finden und im selben Moment, als sie der Karpfen packte und unter Wasser zog, ließ Kiv seine Sprungfedern los, spreizte seine kaum flugtauglichen Flügel und segelte mit einem weiten Satz ans Ufer, wo Pepo lauthals auf sich aufmerksam gemacht hat.

Nachdem die drei wieder vereint waren, gingen sie einige Meter in das schützende Flussgestrüpp. „Er ist DOCH der Richtige!", freute sich nun selbst Lana und Kiv pflichtete ihr mit einem kurzen, kaum hörbaren, Applaus bei.

„Und was jetzt?", fragten Kiv und Lana, den zu neuem Selbstbewusstsein erlangten Pepo, der heroisch seine Brust in Szene setzte, das anatomisch gar nicht möglich war. „Jetzt befreien wir deine Familie!"

Kapitel 10

Kiv erzählte Pepo nun auch seine Fluchtgeschichte, die ihn aus den Fängen des Don hierhergebracht hatte. Auch er musste etwas beklagen. Seine Familie, Frau und Kinder, seien in einer durchsichtigen Energieblase gefangen, erzählte er, aus der sie nicht entkommen konnten (tatsächlich ist es ein leeres, weggeworfenes Gurkenglas) und der fetten Kröte als Snack für zwischendurch dienten. Er hätte das große Glück gehabt, zu fliehen. Er nutzte nämlich eine Unachtsamkeit seiner Bewacher aus, die ihn in diese Energieblase zu den anderen einpferchen wollten. „Und während meines Kurzurlaubs in Dons Gefilden, habe ich die Geschichte von Pepo der Schmeißfliege gehört, die als Einzige den Mut hatte, dieser Kröte die Stirn zu bieten. Es musste zu einem schrecklichen Kampf zwischen dir und ihm gekommen sein. Daher rührt auch deine Narbe am Hinterleib. Aber was du dieser Kröte angetan hast, meine Herren, alle Achtung." Pepo konnte sich zwar jetzt vage entsinnen, wie er das Licht der Welt erblickt hatte, nur tat dies nichts zur Sache. Überhaupt konnte er sich nicht an noch so winzige Details seines vermeintlich heroischen Einsatzes erinnern. Der Kampf zwischen ihm und der Kröte schien komplett aus seiner Festplatte gelöscht zu sein.

„Ja, was habe ich so schreckliches mit ihm angestellt?" Kiv und Lana schluckten schwer, denn das Ausmaß der zugefügten Verletzungen war enorm. „Nun...", fuhr der Grashüpfer fort, „...ihm fehlt sein rechtes Auge. Könnte aber auch sein linkes sein, je nach Blickwinkel." Pepo lachte. „Das ist doch nicht so schlimm. Ich alleine habe schon 6 Lichter verloren, bei dem Versuch zu denken." Jetzt mischte sich Lana in leisen Tönen mit ein. „Kröten haben nur zwei Augen!" Pepo verstummte sogleich und schüttelte seinen Körper vor so viel Grausamkeit. „Aber das ist noch nicht alles.", fuhr sie gespenstisch fort. „Sein Schniedel...!" Pepo sah besorgt in Lanas und Kivs Augen. „Was ist mit seinem Schniedel?" Eine lange Pause folgte, in der sich sogar Kiv angewidert von Pepo abwandte. „Du hast ihn...!" „Ja, was hab ich?", raunte Pepo. „Schwer zu erklären!", meinte Kiv und versuchte es mit seinen Grillbeinchen irgendwie nachzustellen, aber ohne großen Erfolg. „Also einen Oskar hast du für deine Darbietung wirklich nicht verdient. Bis auf dein schmerzverzerrtes Gesicht vielleicht, das in etwa dem Blick des Don glich, als es passiert ist (was Grashüpfer aber mimiktechnisch genauso wenig draufhatten, wie die Schmeißfliegen oder generell Insekten; aber Kiv nicht davon abhielt es trotzdem zu tun). Naja, sein Schniedel gleicht einem Gehbehinderten, dem nicht mal mehr zwei Krücken zum Stehen verhelfen. Wenn du verstehst was ich meine.", klärte Lana ihn auf. „Tote Hose! Game Over!", kommentierte Kiv Lanas Beitrag. Ein verhaltenes „Oh!" war alles, was Pepo dem hinzufügen konnte.

„Aber wie in Teufels Namen…?" Pepo betrachtete sich die deutlich erkennbare Narbe auf seinem Hinterleib und ahnte Schlimmes. „Ist mein Popo noch Jungfr…?", fragte er mit zittriger Stimme, doch Kiv engagierte sich so sehr bei der Beantwortung seiner Frage, dass er ihn gar nicht erst aussprechen lassen wollte und gab mit eindringlicher Stimme Entwarnung. „Aber nicht doch!" Er hielt sich dabei seine großen Augen zu, als könne er sich damit die gedanklichen Bilder, die sich in seinem Kopf formierten und Pepo bei der Analverköstigung durch die fette Kröte zeigte, wegdenken. Aber es half nichts, denn es war natürlich nicht möglich. Aber das hinderte Kiv nicht daran, noch heftiger gegen seine geöffneten Augen zu drücken, bis etwas Saft aus seinen Augäpfeln herausquoll. „Der Schmerz hilft mir bei der Verarbeitung dieses schrecklichen Gedankens.", meinte Kiv und seine Stimme ließ das Barometer des Schmerzindexes auf eine glatte 7,5 klettern, wobei 10 für das Ausscheiden aus diesem Leben steht. „Oh Gott sei Dank!", betete Pepo in den Himmel. „Aber wie ist es dann passiert? Ich meine, die Narbe auf meinem Hinterteil und das verlorene Auge meines, ich nehme an, Erzrivalen. Und wie konnte ich ihm seine Männlichkeit berauben?" Kiv musste mit der Geschichte passen, denn er war nicht persönlich zugegen, als es passierte (gemunkelt wurde viel, aber es ist wie mit den Nachbarn, die über einen tratschen. Sie wissen oft nicht einmal die Hälfte von dem was sie berichten und schon gar nicht erst die andere. Meist haben sie gar keine Ahnung, worüber sie überhaupt sprechen. Ihr (Sach-)Verstand ist so mager ausgebildet, magerer als die neue Margarine mit weniger als 0,1 % Fett im Supermarkt um die Ecke und das prädestiniert sie wahrlich nicht, Märchen in die Welt hinauszuposaunen. Trotzdem verzapfen sie das meiste in einer (üblen) Art und Weise, die so manch ungebildete Leute berühmt gemacht hat – mit grenzdebilen Ausschmückungen im Erzählstil eines Pinocchios, wobei der Wahrheitsgehalt zwangsläufig gegen Null sinkt und die Geschichten offensichtlich erstunken und erlogen sind. Aber wo kein Kläger, da kein Richter. Kiv jedenfalls war zumindest in dieser Sache schlauer als die Trolle. Er hielt seinen Rand.) – aber Lana wusste es sehr wohl.

„Du wirst es an seiner Verletzung sehen. Sie ist äh, selbsterklärend. Aber jetzt ist nicht der richtige Zeitpunkt, um darüber zu sprechen. Wir müssen meine Familie retten!", schlug Lana mit dringendem Unterton vor und Kiv zog mit. „Und meine!" „Aber dazu wäre es besser, wenn du etwas siehst.", sagte Lana schnippisch, woraufhin Kiv nun endlich seine Grillbeine von seinen halb zermatschten Augen nahm.

Im Morgengrauen, der nicht mehr lange auf sich warten ließ, setzten sie ihren Fußmarsch durch das sichere Ufergestrüpp und die Grassavannen fort. Dons Mücken flogen unermüdlich eine Patrouille nach der anderen, surrten oftmals nur wenige Zentimeter über ihre Köpfe hinweg. Aber sie bemerkten sie unter all den Pflanzen nicht. Bei ihrem Streifzug durch die Wildnis kamen ihnen viele Insekten und Kriechtiere entgegen. Einige wollten Pepo an seiner Narbe erkannt haben und jubelten vor Freude, doch Lana gab ihnen nicht immer auf die netteste Art und Weise zu verstehen, dass sie sich irrten (sie beschimpfte und bespuckte jeden, der es wagte, so etwas zu behaupten), um die Identität des Anführers ihres Aufstandes sicher unter Verschluss zu halten. Die Tatsache um seine Rückkehr hätte ihn und die anderen beiden wahrscheinlich arg in Bedrängnis gebracht. Denn Gerüchte entstanden schneller als Amazon liefert. Und, dass bei dieser Art von Flüsterpost auch die Bösen Wind davon bekämen, stand außer Frage.

„Ist es noch weit?", wollte Pepo wissen. „Noch ein halber Fußmarsch.", meinte Kiv, den es in der Mittagssonne zu dürsten anfing. „Ah gut zu wissen, nur noch ein halber Fußmarsch!", freute sich Pepo, der sich schon am Ende der Wanderung sah. Nur Lana schüttelte ihren bizarren Kopf, weil sie als Einzige wusste, dass es keinen halben Fußmarsch gab. „Der *Kelch des Vergessens* muss die schlimmste Foltermethode der Welt sein und gehört sich selbst in Zeiten wie diesen verboten.", flüsterte sie zu sich und betrachtete mitleidig Pepo, aber auch Kiv, der anscheinend derselben Methode zum Opfer gefallen war.

Um auf dem Niveau zu bleiben, das sich durch diese Geschichte zieht wie ein roter Faden durch das Videospiel Unravel, erreichten sie nach dem halben Fußmarsch den Rand eines für ihre Verhältnisse, sehr großen Erdlochs (in Wahrheit hatte hier jemand ein Latrinenloch ausgehoben und vor geraumer Zeit sein Geschäft darin abgewickelt, ohne es wieder zu verschütten). „Ab hier müssen wir vorsichtig sein. Hier herrscht der Don!", sagte Kiv und erschauderte. Die drei robbten sich leise bis an den Rand des Erdlochs vor und wagten einen Blick hinein. Dort unten saß er, die fette, glibbrige, wabbelige, hässliche, überdimensionale, ekelhafte, widerlich anmutende, alles fressende Kröte und erinnerte Pepo an Jabba the Hut von Star Wars, wenn er die Filme gesehen hätte (keine Diskussion darüber, dass die ersten 3 Teile zwischen 1977 und 1983 in Wahrheit die „echten" wären – es ist so. ← Punkt). „Jetzt weiß ich was du damit meintest, als du sagtest, dass die Verletzung selbsterklärend wäre.", stellte Pepo mit Augenzucken fest.

Kapitel 11

Da lag er nun, mitten auf einem halbverdorrten, menschlichen Kackhaufen, teils auf dem Rücken, teils auf seinem fetten Hinterteil. Und ein dünnes, spitzes Holzding ragte aus der Öffnung seines Schniedels und schien festzustecken. Selbst Pepo wurde bei dem Anblick speiübel und musste sich erst einmal übergeben. „Du hast diese Lanze bei deinem Kampf gegen den Don verwendet.", klärte Lana Pepo auf. „Die Trolle nennen so etwas glaube ich, Zahnstocher.", gab Kiv der Allwissende an. „Ist seine Hautfarbe immer so rot-grün-bläulich-blass?" wollte Pepo bestürzt wissen. „Nein, erst seitdem das spitze Ding in seinem Schniedel steckt.", sagte Lana mit einer unverkennbaren Schadenfröhlichkeit in der Stimme.

Plötzlich surrte es sehr laut und die Luft wirbelte dermaßen auf, als landete gerade hinter ihnen ein Helikopter. Doch es waren vier Hornissen, die persönlichen Leibwächter des Don. Sie mussten sie bei einem ihrer Rundflüge entdeckt haben, packten sie und warfen die drei ohne Worte in das Erdloch hinunter. Völlig verdreckt landeten sie vor der riesigen Kröte, die fast das ganze Latrinenloch ausfüllte. Neben ihm stand die durchsichtige

Energiebarriere von dem Kiv gesprochen hatte. Und darin, gefühlte hundert Grashüpfer, die dicht gedrängt ihre Gesichter gegen das Glas drückten, weil es kein Platz mehr gab. Die vier Hornissen landeten neben ihnen und alleine ihre Anwesenheit ließ jeden Fluchtplan vor Schrecken zerfließen.

„We We Wenn das nicht Pe Pe Pepo die Flie Flie Fliege ist. Mein a a alter Freund.", stotterte die Kröte sarkastisch in basshaltigem Ton und krümmte sich bei jedem Wort vor lauter Schmerzen. „Du hast einen Zahnstocher im Schniedel!", sprudelte es unbedacht aus Pepos Rüssel (Mund) und gab damit Preis, woran er gezwungen war, zu denken. „Das muss doch höllisch wehtun.", meinte er nochmals unbedacht und biss sich symbolisch in die Vorderpfote.

„Zunächst br br brauche ich einen kl kl kleinen Snack, bevor i i ich mich um di di dich und dei dei deine Gefährten küm küm kümmere." Zwei Hornissen flogen zum Schraubdeckel des Gurkenglases, wo Kivs gesamte Verwandtschaft verzweifelt gegen das Glas klopfte. Sie schraubten es auf (die eine flog nach oben und drückte den Deckel nach oben, während die andere auf der anderen Seite immer von oben nach unten flog und den Deckel nach unten drückte). „Das wirst du nicht!", schrie ihn Pepo an, der gerade in Richtung Don fliegen wollte. Doch Kiv zügelte ihn. „Wenn er gegessen hat, ist er träge. Und wenn er träge ist, ist er langsam. Und das wiederum erhöht unsere Chancen." Geschockt sahen ihn Lana und Pepo an, denn die Hornissen hielten bereits einen Grashüpfer, einen seiner Verwandten(!), zwischen ihren Armen fest, bereit ihn dem Don zu servieren. „Ich denke eben groß. Das haken wir unter Kollateralschaden ab. Ganz einfach. Ein kleiner Strich in der Bilanz. Es dient der großen Sache. Ich flehe euch an! Opfer müssen nun mal von Zeit zu Zeit gebracht werden; in jedem Krieg." Kiv benahm sich eigenartig. „Na gut, seht mich nicht so an. Es ist meine Schwiegermutter." „Alles klar, dann warten wir eben noch.", meinte Pepo und stand nun ebenfalls hundertprozentig hinter Kivs Plan. Und selbst von Lana hagelte es keine Proteste. Sie schien damit einverstanden zu sein. „Schlechte Erfahrungen!", gab sie zu verstehen (in Wahrheit unterhielt sie nämlich zahlreiche Affären zu anderen Schmeißfliegen, aber das wollte sie Pepo nicht aufs Auge drücken – so sind die Damen nun mal. Du kannst mit ihnen in der Beziehung alles Mögliche anstellen, aber sobald sie in die Brüche geht, sieht sich die weibliche Spezies, egal welcher

Lebensform, immer als engelsgleich – „wir haben nur miteinander geknutscht", heißt es dann oft zum neuen Partner, wenn es um den Ex geht, aber die Wahrheit – DIE WAHRHEIT - würde selbst einem Hardcore-Pornoproduzenten Tränen in die Augen treiben).

Die Hornissen traten mittig vor die Kröte und hielten mit etwas Abstand zu sich, Kivs Schwiegermutter vor seine Nase. „Kiv hilf mir! Steh da nicht so rum!", flehte sie ihn an. Doch die drei sahen einfach weg, pfiffen eine Melodie und stießen kleine Erdklumpen mit ihren Füßen von sich weg, in der Gewissheit, dass sich ihr Problem gleich von selbst (auf)löste. Und so geschah es auch. Der Don peitschte seine eklige, lange, von Wülsten übersäte Zunge heraus und war zielsicher wie ein Scharfschütze, der dem Wein vor dem Einsatz nicht abgetan war. Er verfehlte Kivs Schwiegermutter knapp und kaute stattdessen auf einem seiner Leibwächter herum. Doch anstatt ihn auszuspucken, schluckte er ihn versehentlich herunter. Pepo und die anderen, die noch immer ihre Köpfe weggedreht hielten, hofften, dass sie nun in die ewigen Jagdgründe einberufen wurde, aber zu ihrem Leidwesen hörten sie noch immer ihre Wehklagen. Pepo, Kiv und Lana stöhnten unzufrieden. „Du musst wohl mehr Zielwasser trinken oder in einem Buch lesen mit dem Titel „Wie jage ich als Kröte eine Heuschrecke für Dummies" oder in ein militärisches Kröten-Jagd-Camp eintreten.", stichelte Kiv den Don an und Pepo rief nach jedem Vorschlag inbrünstig „Jawohl!". Angeheizt von den beiden, fuhr der Don daraufhin mit seiner widerlichen Zunge um seinen Mund.

Der übriggebliebenen Hornisse, die noch immer pflichtbewusst Kivs Schwiegermutter fest umklammerte, schlotterten die Knie. „Bitte Chef.", bat sie, um nicht als nächstes in seinem dicken Wanst zu landen. „Na komm schon!", feuerte Kiv die Kröte an. Und mit einem Mal verschwand seine Schwiegermutter im Maul des Don. Mit den schnippischen Worten „Kiv, ich hasse dich!", verabschiedete sie sich noch während des Kauprozesses von der Bühne des Lebens. „C'est la vie." (zu dt. „So ist das Leben."), salutierte Kiv seiner Schwiegermutter ein letztes Mal mit einem mehr als zufriedenem Gesichtsausdruck zu. Doch die Mahlzeit schien dem Don nicht zu bekommen.

Sobald er Kivs Schwiegermutter heruntergeschluckt hatte, kämpfte er gegen massive Bauchkrämpfe an. Er wippte vor Schmerzen nach vorne und zurück, schnappte nach Luft und zischte sie so heraus, als wollte er Kivs Schwiegermutter wieder herauswürgen. „Das, meine Damen und Herren, ist unsere Chance!", sagte Pepo siegesgewiss. Doch keiner wusste von einem (Flucht)Plan, sofern überhaupt jemand über einen nachgedacht hatte. Nach einiger Zeit gab der Don den Kampf auf, wie es schien, denn er rührte sich kaum mehr und ließ seine mächtige Zunge aus seinem weit geöffneten Maul heraushängen. Alles sollte, trotz der offensichtlichen Lahmlegung der Kröte, einen tragischen Verlauf nehmen. Besonders für einen der drei.

Kapitel 12

Ohne etwas zu sagen, sich zu verplappern, anzugeben, wie es die Bösewichte üblicherweise sonst immer taten, wenn sie sich im Vorteil wägten und der Gute gefesselt in einer Konstruktion lag, die sich langsam in eine laufende Kreissäge bewegte oder Ähnliches, versuchte Pepo nicht, dem Don mit geschickten Fragestellungen ein Gespräch aufzuzwingen, die seine kurz- und langfristigen Pläne entlockten, natürlich auch mit dem Hintergedanken (den er nicht hatte), Zeit für einen Fluchtplan zu gewinnen. Nein, das wollte er wahrlich nicht, denn er konnte sich ehrlich gesagt das Gestotter dieser fettleibigen Kröte einfach nicht länger anhören. Es nervte ihn nur wahnsinnig und er würde lieber in seinem Magensaft dahinschmoren, als noch einmal mit anhören zu müssen, wie der Don spricht.

So standen die drei vor der wohl gefürchtetsten Kröte diesseits und jenseits des Parks, die ihre fette, überwulstete Zunge aus dem riesigen Maul hängen ließ. Die Hornissen, seine Leibgardisten, standen indes etwas abseits. Das Risiko versehentlich von ihrem sehr angeschlagenen Chef gefressen zu werden, so wie es ihrem Kollegen

Hennig passiert war, war ihnen viel zu hoch. Und so trauten sie sich nicht recht, die Gefangenen ihrem Boss so zu präsentieren, wie es sich für Gangster wie sie gehörte; fest verschnürt oder zumindest fest umklammert. Gespannt betrachteten sie von weitem die mörderische Szene, die noch kommen sollte. Nämlich die völlige physische Vernichtung von Pepo, Lana und Kiv durch Aufgefressenwerden.

Lana stand links, Pepo in der Mitte und Kiv rechts, was aber völlig belanglos für die Geschichte ist. Der Don ließ noch immer die Zunge heraushängen und rührte sich keinen Millimeter. Längst, so waren sich seine Leibgardisten sicher, hätte er sie mit seiner langen, klebrigen Zunge schnappen und auf ihnen herumkauen müssen. Aber vielleicht, so dachten sie, war dies auch der besondere Moment zwischen den Erzrivalen. Jener, der noch einmal die Luft vor lauter Spannung und Nervenkitzel zum Zerreißen brachte. Der Moment, der darüber entschied, wer den Krieg gewinnen wird, wer letztlich überlebt und als Sieger hervorgeht. Ein Jeder kann Jeden erledigen, wie die wilden Tiere. Aber der Don wollte wahrscheinlich seinen triumphalen Vorteil (Pepo lag in seinen Fängen! Wer hätte das gedacht?) gegenüber seinem Erzrivalen so lange genießen, um ihn dann stilvoll vom Spiel des Lebens direkt ins Jenseits zu befördern.

Wenn man nämlich Stil hat, dann erledigt man seine Gegner nicht einfach so auf banale Art. Nein. Man vernichtet sie mit einem perfiden Plan, einer tödlichen Konstruktion oder gar beidem. Und genau dieser angestrengte Gesichtsausdruck des Don verriet den Hornissen, dass er darüber grübelte, wie er sich diesen drei Aufständischen entledigte.

Nachdem die drei die ganze Nacht hindurch fast regungslos vor dem Don standen und die Hornissen abwechselnd aus der Ferne Wache hielten, damit sie nicht flohen, zeichnete sich am Himmel bereits die orange-gelbe Scheibe ab. Es wurde Tag. Der Don lag noch immer bewegungslos mit ausgestreckter Zunge vor ihnen. Lana flüsterte zu Pepo: „Was machen wir hier eigentlich? Wir hätten längst fliehen können." Pepo blickte sich kurz um und sah eine halbverschlafene Hornisse auf einem selbstgebastelten Speer lehnen. „Ich steh hier nur, weil du hier stehst.", meinte er schließlich. Und auch Kiv gab zu, nur hier herumzustehen, weil eben alle hier herumstanden. Jeder wartete auf ein Zeichen des anderen, aber keiner hatte die Initiative ergriffen.

„Wir wissen doch alle, dass der Don nach deiner Schwiegermutter als Appetithäppchen verstorben ist. Warum haben wir die ganze Nacht hier ausgeharrt?", wollte Lana von Pepo wissen, der gerade dabei war, sich zu putzen. „Du denkst, der Don ist tot? Wie kommst du auf so eine dumme Idee?", fragte er ungläubig und stellte das Putzen ein. „Na, er lässt schon seit 23 Stunden seine Zunge aus seinem weit geöffneten Maul hängen, verpestet mit seinem Mundgeruch die Atemluft und liegt regungslos herum. Seine Atmung hat aufgehört und er macht auch sonst keinen quicklebendigen Eindruck. Ich glaube, dass diese Beweise reichen, um ihn eindeutig für tot zu erklären.", brüstete sich Lana. Selbst Kiv musste eingestehen, dass Lana womöglich recht behielt. „Ich wusste ja, dass meine Schwiegermutter giftig war. Aber so? Jetzt tut er mir schon fast leid, dieser Don. Er hat bei allem Übel, für das er verantwortlich zu machen ist, doch etwas Gutes bewirkt. Ruhe in Frieden, Don die Kröte – Erlöser vom Schwiegerdrache." Nur Pepo war sich wegen des vermeintlichen Todes noch immer nicht sicher. „Der tut doch nur so. Warten wir besser noch ab!"

Ein weiterer Tag und eine weitere Nacht vergingen. Und noch immer standen sie vor dem mächtigen Krötenkörper, der regungslos wie eh und je da lag. Als die Sonne wieder einen neuen Tag einläutete, platzte Lana der Geduldsfaden, zumal die Schreie der eingesperrten Grashüpfer im Gurkenglas immer heftiger wurden. „Kommt, lasst uns die Grashüpfer befreien! Der Don ist definitiv tot.", befahl Lana, die sichergegangen war, dass die Hornissen noch schliefen – was sie auch taten. Doch Pepo stoppte Lana. „Wir sollten nichts überstürzen. Vielleicht will er nur, dass wir uns bewegen, damit er mit seiner Zunge losschnalzen kann." Auch Kiv war der gleichen Meinung wie Pepo, nur aus anderen Gründen. „Wenn die Hälfte meiner Verwandten im Gurkenglass draufgeht, dann hab ich ja immer noch die andere Hälfte an Schmarotzern! Wir sollten lieber warten, bis meine Verwandtschaft auf ein Drittel dezimiert ist."

Lana wurde wütend. „Wie kannst du so etwas sagen? Bei der Schwiegermutter hatte ich ja noch durchaus Verständnis, die müssen weg, keine Frage. Aber was ist mit den übrigen Verwandten?" Kiv überlegte nicht lange. „Da sind doch auch andere Schwiegermütter dabei. Wenn die erst mal dahingeschieden sind, dann gehe ich als Held in die Geschichte ein. Ohne diese alles besserwissenden, fresswütigen Maschinen bin ich, der stellvertretend für alle Schwiegersöhne dieser Welt steht, besser dran. Und was soll ich sagen? Ich bin ein Grashüpfer des Glücks, eine die ihr Glück sucht. Und diese unsichtbare Barriere ist mein Glück. Seitdem meine Schwiegermutter verschwunden ist, lebe ich im Paradies. Lass doch den anderen Schwiegersöhnen und -töchtern auch ihr Glück. Wage es ja nicht sie zu befreien. Ohnehin sind wir noch im festen Blick des Dons gefangen. Überstürze jetzt ja nichts. Bitte."

Lana sah Kiv und Pepo entsetzt an, auch wenn ihr Blick immer der gleiche blieb (sie hatte Mimik genauso wenig drauf, wie andere Schmeißfliegen, Stubenfliegen, Dungfliegen, etc.). „Ich geh jetzt!", rief sie bestimmend im Flüsterton. Und das tat sie dann auch. Sie wagte ihre ersten Schritte auf den überdimensionalen Schraubverschluss des Gurkenglases. Kiv stand noch immer wie angewurzelt vor dem Don. Doch lange hielten ihn seine Beine nicht am Ort fest. Seine mächtigen Hinterbeine waren angespannt und zu einem riesigen Sprung bereit. Er wollte unter allen Umständen Lana daran hindern, das Gurkenglas zu öffnen. Und jetzt war sogar er sich sicher, dass der Don das Zeitliche gesegnet hatte. Nur Pepo zweifelte immer noch und blieb weiter stehen.

Kivs Hinterbeine waren bis aufs Äußerste angespannt. Jede Erschütterung würde ihn hoch in die Luft katapultieren. Als Lana den Schraubverschluss erreichte, gab es für den Grashüpfer kein Halten mehr. Er setzte zum Sprung an und seine Beine trugen ihn in hohem Bogen durch die Luft. Der mächtige Satz würde ihn direkt vor das Gurkenglas bringen, doch bevor er auf dem Erdboden landen konnte, hörten sie einen lauten Rülpser. Die klebrige Zunge des Don schnappte ihn und zog ihn in seinen weit geöffneten Schlund.

Kapitel 13

„Ich hatte recht! Er lebt doch.", freute sich Pepo, als er sah, wie Kiv an Dons Zunge klebend an ihm vorbeihuschte. „Hilfe!", rief der Grashüpfer voller Verzweiflung, bis nur noch seine Beine aus Dons Maul herauslugten. Pepo hingegen führte zunächst ein kurzes Freudentänzchen auf, anstatt ihm zu helfen, bis Lana neben ihm landete und ihm voll ins Gesicht schlug. „Damit du wieder zur Besinnung kommst!"

Erst jetzt wurde Pepo klar, in welch` lebensbedrohlicher Gefahr sich sein Freund Kiv tatsächlich befand. Jedes Mal, wenn die Kröte sein riesiges Maul öffnete, konnte man Kivs Hilferufe hören, die nun auch die Wachen des Don aufweckten. Lana surrte schnell an ihnen vorbei, um ihre Aufmerksamkeit auf sich zu lenken. Ihr Plan ging auf. Die drei Leibgardisten verfolgten sie. Lana flog weit von dem Latrinenloch weg, sodass Pepo genug Zeit blieb, seinen Freund zu befreien – eigentlich. Denn Pepo überblickte die Situation nicht ganz und fing an, sich zu putzen. Doch die Schreie seines Freundes störten ihn dabei zunehmend, bis er es nicht mehr aushielt und mit einem Male einen Geistesblitz bekam. Er flog Dons Schniedel an und rammte ihm den Zahnstocher, der noch immer in ihm feststeckte, noch weiter hinein. Die Kröte schrie vor Schmerzen und spuckte Kiv halb durchgekaut wieder heraus.

Kiv landete fast punktgenau neben Pepo, der sich wieder an dieselbe Stelle positioniert hatte, an der er und seine Freunde die letzten zwei Tage aushielten. Der vollgesabberte Grashüpfer betrachtete seinen mitgenommen Körper und ging eine imaginäre Checkliste durch. „Fühler vorne links – weggerissen; linkes Vorderbein – weggekaut; rechtes noch dran – Taubheitsgefühl; beide mittlere Beine - fehl am Platz; zwei hintere Sprungbeine – vorhanden; rechtes Auge - blind, Hinterleib etwas zerbeult - Flügel nicht mehr ausfahrbar." Er sah auf sein Fortpflanzungsorgan und stieß ein erleichterndes „Halleluja!" aus. „Ich bin noch ein ganzer Kerl!", freute er sich.

Der Don plusterte sich nun vor den beiden auf und warf einen riesigen Schatten auf sie. Da kam Lana angeflogen, ohne ihre Verfolger im Schlepptau. „Wir dachten, du seist tot!", rief sie der fetten Kröte zu. „Im Grunde dachten nur du und Kiv das.", gab Pepo kleinlaut von sich um einen Ruhm einzuheimsen, den er von seinen Freunden nicht bekam. Böse Blicke war alles, was er dafür kassierte. Doch noch ehe ein handfester Streit zwischen den beiden Schmeißfliegen entfachte, sprach Don die Kröte: „I I Ich ha ha hatte nur ei ei einen Herzstillstand. Seit... seit... seitdem du diese Ho Ho Holzlanze in mei mei meinen Schniedel ge ge gesteckt hast, ha ha habe ich öfter mi mi mit Herzstillständen z z zu kämpfen. A a aber nach einem krä krä kräftigen Rülpser oder Furzen fängt e e es wie wie wieder zu schla schla schlagen an. U u und jetzt seid i i ihr dran. Doch wi wi wird euch ei ei ein Rülpser oder Furz ni ni nicht wiederbeleben kö kö können, wenn i i ich mit eu euch fertig bin!"

In diesem Moment kamen seine drei Leibwächter, die Hornissen, angerauscht. Mit finsteren Minen. Sie waren ziemlich grimmig, weil sie von einer weiblichen Schmeißfliege abgehängt worden waren.

Der Schniedel des Don gab auf ein Mal komische Geräusche von sich, als würden dort Gase entstehen, die jedoch keine Möglichkeit hatten, irgendwo auszutreten. Die Kröte wandte sich vor Schmerzen und die Hornissen beendeten ihre Verfolgungsjagd. Stattdessen landeten sie am Rand des Latrinenlochs. In diesem Zustand, so wussten sie, war der Don unberechenbar und so manch ihrer Kameraden verschwanden für immer in seinem

Magen. Der Don stampfte rhythmisch mit seinen ekelhaften Krötenbeinchen auf den sandigen Untergrund und setzte dadurch einen Treibeffekt in Gang. Lana landete durch das kräftige Aufschlagen seiner Beine in Rückenlage und rutschte auf den Sandkörnern, zusammen mit dem völlig verstümmelten Kiv, immer näher in seine Stampfreichweite. Nur Pepo konnte aus dem Effekt mit schwingenden Flügeln entfliehen.

Die Hornissen machten sich startklar, um Pepo abzufangen. Sie flogen auf ihn zu, doch Pepo machte die Fliege. Immer näher rutschten in der Zwischenzeit die Körper von Lana und Kiv in Richtung alles-unter-sich-begrabende Krötenbeine des Don. Als Pepo die fettleibige Kröte umkreiste, kam ihm abermals eine Idee. Er wollte den Don von seinen Schmerzen befreien, indem er ihm den Zahnstocher einfach aus dem Schniedel zog. Somit, dachte er, würde er bestimmt damit aufhören, immer wieder seine Füße in den Sand zu stampfen und Kiv und Lana hätten eine reale Chance, mit ihren Leben davonzukommen. So die Theorie.

Er nahm Anlauf und flog so schnell er konnte ganz dicht zur Kröte auf, um während des Vorbeiflugs den Zahnstocher aus seinem Schniedel herauszuziehen. Aber dieser steckte, nach seiner

Aktion, nun noch fester darin. Da sich jedoch die hochmotivierten Hornissen nicht so leicht abwimmeln ließen, blieb Pepo nur ein Versuch. Dieser musste sitzen, ansonsten würden die Hornissen spitzbekommen, was er vorhatte und seinen Plan vereiteln. Aber es blieb ihm noch aus einem anderen Grund nur dieser eine Versuch. Kiv und Lana waren schon zu nahe an den dicken Krötenbeinen, die sie zu zerdrücken drohten.

Mit atemberaubender Geschwindigkeit flog Pepo an den in Sand treibenden Körpern vorbei, schlug einen leicht, nach rechts, versetzten Looping und donnerte mit Hilfe der Schwerkraft in brachialer Geschwindigkeit dem Boden entgegen. Die Hornissen folgten ihm auf Schritt und Tritt, doch beim Looping mussten sie passen. Ihre proportional zur Körpergröße stehenden, fetten Ärsche, hinderten sie aerodynamisch daran, so ein schnittiges Manöver zu fliegen. Stattdessen warteten sie ab, um sich nach dem Scheitelpunkt wieder an seine Fersen zu heften.

Mit einem Affenzahn streckte Pepo seine Arme nach dem Zahnstocher aus. Jetzt oder nie, dachte er und schnappte ihn sich. Die Wucht riss den Zahnstocher aus Dons Schniedel heraus und der Druck des massig angestauten Urins ergoss sich fontänenartig vor ihm. Der Strahl traf Pepos

Verfolger hart. Sie wurden von ihm gegen den Rand des Latrinenlochs gedrückt und verloren das Bewusstsein. Jetzt steuerte Pepo Lana an und kippte sie wieder zurück auf ihre Beine. Der Don schrie „Welche Erleichteruuung!", während der Strahl kein Ende zu nehmen schien. Pepo und Lana flogen den verletzten Kiv aus der Gefahrenzone heraus und landeten am Rand des Erdlochs. Sie sahen zu, wie die Kröte unaufhörlich seinen stinkigen Urin ins Erdloch feuerte und der Pegel mit jeder Sekunde anstieg. Dons Körper wurde langsam wieder schlanker, aber dadurch, dass er schon sehr viele Tage in dem Loch saß, waren seine Muskeln so verkümmert, dass er nicht heraus hopsen konnte. Das meiste seiner abartigen Größe, hatte er also nur dem angestauten Urin in seinem Körper zu verdanken, der sich nun unaufhörlich aus seinem Schniedel ergoss. Bald schon stand dem Don der Saft bis zum Halse. „Holt mich hier raus!", flehte er die drei an, die sich noch immer am Rand aufhielten und der seltsamen Situation zusahen.

Langsam ertrank der Don in seinem eigenen, urinverseuchten Tümpel und mit ihm seine Leibwächter. Tot trieben die Hornissen auf der Urinoberfläche und stießen mit ihren Körpern gegen die Stirn ihres Bosses, die als Einziges über Wasser ragte wie der Eisberg, der die Titanic versenkte.

Das Gurkenglass trieb ebenfalls auf der Urinoberfläche des Erdlochs. Lana und Pepo flogen es an und schoben es an Land. Dort öffneten sie es und ließen Kivs Familie frei. Freudig bedankten sie sich bei den dreien, wobei einige männliche Vertreter der Grashüpferfraktion, besonders die verheiratete Sparte, Kiv als ihren Helden feierten (was eventuell daran lag, dass er seine Schwiegermutter legal um die Ecke bringen konnte, sozusagen durch hundert prozentig, willentlich unterlassener Hilfeleistung – eine beachtliche Leistung wie sie empfanden). Einige von ihnen (eigentlich ausnahmslos alle männlichen Grashüpfer) drückten ihre Schwiegermütter nämlich, nachdem sie Kiv dabei zusahen, wie er mit freudig strahlenden Augen den Tod seiner Schwiegermutter noch mit Anfeuerungsversuchen begünstigte, regelrecht an die Öffnung des Glases. Jeder wollte seine Schwiegermutter loswerden. Aber nachdem der Don nun verstorben war, hatten diese lästigen Geschöpfe zu ihrem Leidwesen, alle überlebt. Und keiner traute sich nun selbst an ihnen Hand anzulegen (was später jedoch zur Tradition aller verheirateten Männer werden sollte, zumindest in ihrer Fantasie). Die Ausreden der Schwiegersöhne, die in die völlig entsetzten Gesichter ihrer Schwiegermütter sehen mussten, lauteten, dass sie sie so schnell wie möglich von ihrem Leid befreien wollten (wie genau sie das jetzt meinten, blieb ihr Geheimnis).

„Und jetzt?", fragte Lana erleichtert über Dons tot, aber in einer gewissen Erwartungshaltung. „Jetzt retten wir noch deine Familie, wie ich es dir versprochen habe. Wo ist sie überhaupt?" Lana seufzte erleichtert und kratzte sich im nächsten Moment am Kopf. „Sie müssen in den Dixi-Klo-Minen arbeiten, unter der Aufsicht von General Uften – Dons engster Vertrauter und Geschäftspartner." Pepo konnte sich nichts unter den Dixi-Klo-Minen vorstellen, geschweige denn von General Uften. „Wer war dieser General Ukten noch einmal?" „Uften!", verbesserte Kiv der am ganzen Leib zitterte. „General Uften ist eine sadistisch veranlagte Fangschrecke (männliche Gottesanbeterin), die vor allem Grashüpfer wie mich verspeist. Aber zwischendurch auch Schmeißfliegen vertilgt. Seht mich an. Ich habe nur noch ein funktionierendes Vorderbein, zwei Sprungbeine, ein funktionierendes Auge, einen Fühler und wie sich mein halb zerquetschter Hinterleib auf zukünftige

Ereignisse auswirken wird (er deutete das Geschäft der Ausscheidung an), darüber möchte ich gar nicht nachdenken. Ich bin raus Leute!"

Enttäuscht blickte ihn Pepo an. „Ist das der Dank dafür, dass wir dir und deiner Familie das Leben gerettet haben und dich von deiner größten Plage (unser aller Plage), deiner Schwiegermutter, befreit haben?" Kiv schnaufte wütend. „Das mit der Schwiegermutter ist nicht fair!" Eine kurze Pause folgte. „Verdammt, du hast ja recht. Ich stehe in eurer Schuld. Aber ich verziehe mich, sobald mein Leben durch General Uften bedroht ist. Was sonst habe ich von meiner neu gewonnen Freiheit ohne Schwiegerdrache?" Pepo und Lana blickten sich an, als ob sie miteinander kommunizierten, was aber auf jeglicher Ebene nicht der Fall war. Sie blickten sich eben einfach nur an. „Okay! Aber ich muss noch etwas mit meinem Cousin besprechen.", meinte Kiv. Nach einigem Getuschel, von dem Lana und Pepo nichts mitbekamen, humpelte Kiv zu ihnen. Voller Euphorie meinte er: „Nichts wie los!"

Lana führte die Gruppe an, denn nur sie wusste, wo genau die Dixi-Klo-Minen waren. Ein ganzer Fußmarsch durch den Dschungel war von Nöten, dorthin zu gelangen. Während ihrer strapaziösen Reise durch die unbändige

Wiesenlandschaft, kamen sie einer Lichtung immer näher (es war ein geteerter Gehweg für Menschen). Darauf gingen, rannten oder fuhren die Trolle mit Fahrrädern herum. Viele Insekten lagen dort zerquetscht am Boden. Einige lebten noch und schrien voller Qualen nach ihren Müttern. „Das ist ja der Todespass!", erschrak Kiv. „Und diesen gilt es zu überqueren.", fügte Lana hinzu. „Was macht das für einen Sinn? Ihr seid Fliegen. Und ihr könntet mich doch auch hinüberfliegen. Für die Trolle bin ich doch ein gefundenes Fressen. Seht mich an, ich komme niemals auf der anderen Seite heil an." Doch Lana musste ihn enttäuschen. „Nein, wir müssen ihn zu Fuß überqueren. General Uften lauert bereits auf der anderen Seite im Gras und ist für uns unerkennbar. Er ist ebenfalls grün. Wenn wir hinüberfliegen, können wir gleich Selbstmord begehen. Das kommt aufs Gleiche."

Pepo betrachtete sich die toten und teils schwerverletzten Insekten auf dem Teerboden. „Kommt die Überquerung des Todespasses nicht auch einem Selbstmord gleich?", wollte Kiv wissen und erhoffte sich eine Antwort ala „Du hast ja so recht. Lassen wir`s bleiben!", die er aber nie hören sollte. Stattdessen spazierte Pepo unbemerkt auf dem Todespass zu einer halb zermatschten Libelle hin, die um Wasser bat. Die Streifen und die Profiltiefe des Reifens auf dem zerquetschen Hinterleib ließen den Verdacht nahe, dass er von einem Rennrad mit Shimano-Gangschaltung überfahren wurde. „Wasser!", klagte die Libelle. Ohne mit der Wimper zu zucken zog Pepo an den Vorderbeinen der Libelle. Dabei zog er den Vorderleib vom hinteren Ende ab, der nun alleine auf dem Teerboden klebte. Er zog ihn zu den anderen beiden, die noch immer mit Diskutieren beschäftigt waren. Pepo zerrte derweil den noch lebendigen Teil der Libelle durch die schwer durchdringbaren Grassavannen bis zum Urinteich, den der Don als Einziges Vermächtnis seines Lebens, hinterlassen hatte. „Da ist ja Wasser!", freute sich die Libelle und Pepo legte sie sanft im Urinteich ab. „Vielen Dank kleine Schmeißfliege. Du besitzt wahrlich ein sehr großes Herz."

Die Libelle trank einen kräftigen Schluck daraus und fing plötzlich ganz fürchterlich zu husten an. „Das ist ja gar kein Wasser du verfluchtes Insekt!", rief sie wutentbrannt, doch Pepo befand sich bereits auf dem Rückweg zu Lana und Kiv und hörte nichts von dem Wutgeschrei - oder wollte es nicht hören. Zufrieden setzte er seinen Weg fort und erreichte bald darauf seine Gefährten, die sich noch immer zankten und in immer heftigere Diskussionen verstrickten, die mit der eigentlichen Sache längst nichts mehr zu tun hatten. „Du stinkst!", hörte er Kiv schimpfen und sie konterte: „Du siehst wie ein abgekauter Fingernagel aus!", womit Lana im Grunde nur seinen tatsächlichen körperlichen Zustand beschrieb. Die beiden hatten nicht einmal bemerkt, dass Pepo verschwunden war. Erst das große Geschrei der Libelle im Urinteich, das durch die Grashalme hallte, riss sie aus ihrem Streitgespräch. „Holt mich aus diesem urinverseuchten Höllenloch!", schrie sie und plötzlich verstummte es. Nichts war mehr zu hören. „Hast du das gehört?", fragte Lana ihren Artgenossen Pepo, der sich zufrieden über seinen Rüssel strich, als hätte er gerade jemandem das Leben gerettet. „Los, zu den Dixi-Klo-Minen!", forderte er überschwänglich und zog Kiv einfach an seiner einzigen Antenne, die er noch besaß, hinter sich her. Lana folgte ihnen, ohne auch nur eine winzige Lücke zu ihnen aufkommen zu lassen.

Kurz nachdem sie den teerartigen Untergrund betraten, stürmten bereits die Trolle auf sie ein, die von der einen zur anderen Seite stapften. Teils zu Fuß, teils mit obskuren Gerätschaften. Aber eins stand fest: Die Anwesenheit der Trolle bedrohte ihre kleinen, zarten Leben.

Kapitel 14

„Das ist aber nicht die feine englische Art!", fluchte Kiv, der mit schmerzverzerrtem Gesicht über den harten, mit Rollsplitt übersäten Teerboden, die ihn Furchen ins Gesicht ritzten, mitgeschleift wurde - dicht gefolgt von Lana, die sich gegen sein zerbeultes Hinterteil stemmte, um den Todespass ja so schnell wie möglich zu überqueren.

Die Erde bebte, als die Trolle mit ihren riesigen Füßen über ihre Köpfe hinwegrannten und kräftig auf den Boden stampften. Mächtige Kreisel (Fahrradreifen), die bis in den Himmel ragten und in kurzen Abständen immer zu zweit daherkamen, rollten auf sie zu und verfehlten die drei nur knapp. Stattdessen hingen andere Insekten daran, teilweise noch am Leben. Einige von ihnen warnten das Trio, aber viel bekamen sie davon nicht mit. Denn sobald sie etwas sagen wollten, waren sie auch schon wieder verschwunden. Die meisten schrien nur nach jemanden, der „Hil" heißen musste. Pepo wunderte sich, wer das wohl war und warum ausgerechnet er sie alle retten konnte. War er das Überinsekt? Lange konnte er ohnehin nicht über „Hil" nachdenken, denn die Gefahren lauerten von allen Seiten. Mehr oder weniger geschickt, Kiv verlor sein linkes

Sprungbein bei der Überquerung des Todespasses, erreichten sie den neuen Dschungelabschnitt.

„Ab hier wird's gefährlich.", sensibilisierte Lana die anderen beiden, damit sie keinen Unfug wagten. Kiv war nicht für Späße aufgelegt, ihm fehlte ja nicht nur das Hinterbein. Aber das Sprungbein traf ihn schon schwer. Er jammerte über den Verlust. „Ich werde nie mehr Hüpfen, geschwiege denn Gehen können. Alle linken Beine weg, abrasiert. Nicht eins mehr vorhanden.", beschwerte er sich. „Aber du lebst!", versuchte ihn Pepo aufzumuntern. Nur konnte das Kiv angesichts seiner invaliden Erscheinung nicht trösten, weswegen Pepo noch schnell hinzufügte: „Und deine Schwiegermutter ist tot! Ein Traum!"

Erst jetzt schöpfte Kiv neue Kraft und neue Zuversicht. Sobald Lanas Familie aus den Fängen des General Uften befreit war, so schwor er sich, beantragte er alle Sozialleistungen, die ihm zustanden und einen längst überfälligen Behindertenausweis. Eigentlich war Kiv nur noch ein halber Grashüpfer, aber das hinderte ihn nicht daran, weitere Pläne zu schmieden, die er verwirklichen wollte, sobald sie diese Odyssee hinter sich gebracht hatten.

Kiv, der Pepo nun als Krücke benutzte und seinen Oberkörper auf ihn legte, erlangte bei dem Gedanken, an die nun ihm zustehenden Hilfeleistungen bis an den Rest seines Lebens (worauf er wahrscheinlich nicht mehr lange warten musste), ungeahnte Kräfte. Euphorisch und mit zerstörerischer Gewissheit forderte er nun von den beiden, kriegerische Treue bis in den Tod. Kiv, der mit der linken Oberkörperhälfte auf Pepo lag, versuchte mit seinem winzigen rechten Vorderbein eine Handbewegung nach vorne zu machen, ähnlich, wie es die Anführer taten, wenn ihnen ihre Anhänger in die Schlacht folgen sollten. Doch Kiv rollte dabei von Pepo herunter und stieß sich am Boden (er hatte nicht bedacht, dass sein linkes, hinteres Sprungbein noch immer auf dem Todespass zuckend herumlag und er mit nur einem Sprungbein keine Balance halten konnte. Zudem er nun in Rückenlage geriet und Pepo und Lana große Schwierigkeiten hatten, ihn wieder aufzurichten).

„Vielleicht wäre es doch besser, wenn wir diese armselige Erscheinung hier ließen. Er hält uns ja doch nur auf. Und der Stress macht das Blut ungenießbar.", erklang eine Stimme. „Wer hat das gesagt?", wollte Lana wissen, denn Pepo schien es nicht gewesen zu sein. Doch niemand schien ihr zu antworten. „Kiv hör auf mit den Späßen, du kommst mit!", meinte Lana und hievte seinen Oberkörper wieder auf Pepo, damit sie weitermarschieren konnten. „Im Ernst? Seht uns doch an. So wollen wir ans Ziel? Ich bitte euch die Sachlage noch einmal ernsthaft zu überdenken." Lana blickte sich um, doch weder hinter, neben oder über ihr, war jemand zu sehen. „Pepo, hör auf mit dem Scheiß!", fluchte sie. „Du hast leicht Reden. Du musst ihn ja auch nicht tragen!", bekam sie als Antwort. Doch sie war sich ziemlich sicher, dass Pepo eine ganz andere Stimme besaß, weswegen sie ihm genau auf den Rüssel (Mund!) sah, als sie zu einer Antwort griff. „Tja, wer ist hier der Mann? Und wer will hier wen beeindrucken?" Konzentriert sah Lana auf Pepos Mund (Rüssel!). „Ich denke nur an unser Vorhaben und so werden wir es sicherlich nicht erreichen. Rasten wir hier ein wenig, damit sich diese ungenießbaren Stresshormone legen." Doch es bestätigte sich. Pepos Rüssel (Mund!) hatte sich keinen Millimeter bewegt.

„Pepo, hörst du auch diese Stimme?", fragte sie flüsternd in der Hoffnung, dass Pepo entweder die Juckserei zugab oder dieser Jemand endlich die Fresse hielt, bevor sie noch anfing, an ihrem nicht vorhandenen Verstand zu zweifeln. Pepo jedoch, hatte überhaupt nichts mitbekommen. Nicht mal ihre Frage. Und so trug er Kiv unter Volllast, mit zittrigen Kniescheiben, unbeirrt weiter. „Ich bin nicht Pepo!", hörte sie scheinbar als Einzige eine Stimme. „Ich werde verrückt!", dachte sich Lana und versuchte die Stimme zu ignorieren, die ihr einzureden versuchte, dass sie (die Stimme) real sei. Doch es half nichts, Lana antwortete ihr einfach nicht mehr und spazierte weiter (insgeheim summte sie die Titelmelodie von dem Horrorstreifen „Scream" vor sich hin, die sie irgendwann einmal in einer Wohnung der Trolle aufgeschnappt hatte, um die Stimme in ihrem Kopf zu übertönen. Aber sie verstärkte nur ihre Angst.).

Nachdem die Gruppe eine längere Strecke hinter sich gelassen hatte, Lana wiederholte die Melodie schweißgebadet satte 35 Mal, machten sie an einem von Trollen weggeschmissenen Schinkenbrot rast. Hier, wo sich alle Arten von Insekten, Käfern und Maden tummelten und sich satt aßen, tankten sie neue Kraft. „Was für ein Gourmet-Tempel.", schwärmte Pepo und ließ Kiv unsanft auf den Boden fallen, so hungrig war er. „Bringt mir auch was mit!", rief ihnen der Grashüpfer nach, als sie sich auf das Fressen stürzten. Die beiden betasteten das verschimmelte Sandwich und sie fingen an, sich zu beuteln. „Gott schmeckt das lecker.", sprudelte es aus Pepo heraus, während er seinen Rüssel in die schlechtgewordene Mayonnaise steckte und einen kräftigen Zug nahm. Lana tat es ihm gleich. Sie aßen Brotkrumen, verfaulte Schinkenwurst und tranken die Mayonnaise weg. Kiv, der total geschwächt in der blanken Gluthitze lag, dürstete es nach etwas Wasser.

Lana und Pepo gingen gemeinsam um das noch recht große Schinkenbrötchen herum. Daneben lag ein auf der Seite liegender, aufgeschraubter Coffee-To-Go-Becher. Am hinteren Ende sammelte sich eine kleine Kaffeelake. Sie fingen ein, zwei Tropfen des koffeinhaltigen Getränks in einem Blatt auf und servierten es mit ein paar Krumen, Mayonnaise und verfaulten Schinkenresten ihrem Freund. „Bitte, legt mich doch in den Schatten.", bat Kiv als sie wieder kamen (seine Haut ging an manchen Stellen schon ab).

Nachdem sie taten, worum man sie bat, überreichten sie Kiv das kostbare Mahl. Aber alles, was Kiv interessierte, waren die braunen Tropfen an Flüssigkeit. Schnell schleckte er daran und trank gierig alles weg. Es dauerte nicht lange, da bekam Kiv einen gewaltigen Energieschub der sich in einem unerträglichen Bewegungsdrang äußerte. Nur ohne Füße war das doof. Er zitterte am ganzen Körper, um die neu gewonnene Energie irgendwie wieder loszuwerden. „Das ist die Hölle!", schrie er die beiden an, denen er die Qual zu verdanken hatte. „Wir müssen weiter!", schlug Lana vor, die Kiv nicht beachten wollte. Zu zittrig lag er am Boden und erinnerte sie an eine schlimme Begebenheit mit einer Spinne, auf die sie nicht näher eingehen wollte. „Also gut.", kam Pepo Lanas Bitte nach. Da er Kiv jedoch nicht mehr auf seinem Rücken transportieren konnte, zu aufgewühlt war er, dass er immer wieder runtergeknallt wäre, zog Pepo ihn an seinem einzig verbliebenen Fühler weiter. Und löste ihn prompt von seinem Kopf ab. Jetzt besaß Kiv überhaupt keine Fühler mehr.

„Ich glaube wir sollten doch hier übernachten.", schlug Pepo vor und versteckte den agilen Fühler schnell hinter seinem Rücken, der ihn jedoch bei weitem überragte und wie eine Antenne hin- und herbaumelte. „Eine exzellente Idee! Ich bin fast fertig.", hörte Lana wieder die Stimme. Aber sie tat ein weiteres Mal so, als würde sie sie überhören.

Pepo schlief schnell ein, nur Kiv und Lana taten sich etwas schwer damit. Während Kiv sich seitlich hinlegte (links) und stundenlang mit seinem Sprungbein in die Pedale trat konnte Lana sich nicht recht auf ihren Rücken drehen. Immer wenn sie es versuchte, grummelte etwas und sie spürte einen heftigen Widerstand. Erst jetzt bemerkte sie, dass da etwas auf ihrem Rücken war. Erschrocken stieß sie einen Angstschrei aus und schüttelte an Pepo, der enggekuschelt am zittrigen Kiv schlummerte. „Bierflasche!", rief Pepo schlaftrunken bis er realisierte, dass er von Lana aufgeweckt wurde. Sie zeigte ihm ihren Rücken. „Nimm es weg!", flehte sie. Pepo flog langsam an das schwarze Ding heran, das im Rücken von Lana zu stecken schien. Es streckte seine Beinchen in die Höhe, aber ein Gesicht war nicht zu erkennen. Pepo zog mit aller Kraft an dem kreisrunden Leib dieses Biests, doch es war nichts zu machen. Es steckte fest. „Hey, hört auf damit. Ich bin noch nicht satt!", brummte es aus Lanas Rücken.

„Ich glaube, dich hat eine Zecke erwischt.", kommentierte ein Marienkäfer die Szene mit sachlicher Stimme, der den ganzen Tumult offensichtlich mitbekommen und nicht weit von ihnen sein Nachtlager aufgeschlagen hatte. „Nach seiner Größe zu beurteilen, muss er schon den ganzen Tag an dir saugen." Lana sah Pepo ungläubig an. „Du hast heute den ganzen Tag mit mir verbracht und hast nicht bemerkt, dass etwas in meinem

Rücken steckt, das zwei Mal so groß ist, wie ich und was sich da gar nicht hingehört?" Pepo war sich keiner Schuld bewusst. „Du vergisst, dass ich einige Facettenäuglein verloren habe, beim Nachdenken, dich retten und so weiter." Lana raste vor Wut, aber es half ja nichts. „Wie bekomme ich diese sogenannte Zecke wieder aus meinem Körper?" Der Marienkäfer wollte sich nicht dazu äußern. Eigentlich schien er sich gerade aus der Affäre ziehen zu wollen, aber Lana hinderte ihn daran und stellte sich ihm in den Weg. „Du wusstest wie das Ding heißt. Weißt du auch, wie ich es wieder loswerde?" Der Marienkäfer verstummte auf eine Weise, die bei Lana Resignation auslöste. „Ich werde sterben!", rief sie aufgelöst. „Müssen wir das nicht alle irgendwann? Ich kann aber auch nicht aufhören, du schmeckst einfach zu gut.", stellte die Stimme in Lanas Rücken fest.

Langsam wurde Lana schwindelig und sie musste sich setzen. Sie hatte kaum mehr Blut, das durch ihre Adern floss. Die Zecke hatte sie bald ausgesaugt und Lanas Gesicht schien binnen kürzester Zeit um Tage gealtert zu sein. „Lass meine Freundin in Ruhe!", rief Pepo an das schwarze Gebilde, das Lanas Rücken einfach nicht verlassen wollte. „Du bringst sie um!" Doch nichts geschah.

Pepo versuchte es, mit an den Füßen beißen, an dem Ding herumzudrücken oder es zu kitzeln. Aber seine Aktionen waren nicht von Erfolg gekrönt. Da kam ihm eine Idee. „Flieht!", schrie er voller Panik. „General Uften ist hier und wird uns alle auffressen! Besonders dich Lana, weil du ja nicht wegfliegen kannst, dank dieses Blutsaugers!"

Plötzlich tauchte die Zecke ihren Kopf aus Lanas Rücken. Blutverschmiert sprang er von ihr und versuchte sich von der drohenden Gefahr aus dem Staub zu machen. „Ich bin zu vollgefressen! Ich kann nicht laufen. Hilfe!", schrie nun die Zecke. Aber niemanden kümmerte es. Alle Insekten, die Pepos Ausruf für bare Münze hielten, rannten wild durcheinander und verstreuten sich in verschiedenen Richtungen, obwohl General Uften nicht wirklich anwesend war. Es war nur ein Trick, um die Zecke loszuwerden. Und es hatte geklappt.

„Danke Pepo. Du hast mit dieser trickreichen Idee mein Leben gerettet.", bedankte sich Lana ehrwürdig. Pepo aber wollte keine Dankesreden hören und holte ihr noch ein weiteres, schmackhaftes Essen zum Kräftetanken. Bei seinem Weg zum Schinkenbrot kam er am Marienkäfer vorbei, in dessen Rücken nun die Zecke steckte. „Guten Abend.", begrüßte Pepo diesen und verschwand hinter dem Sandwich, ohne ihn auf seinen ungebetenen Gast hinzuweisen (was er aber nicht böswillig unterließ – er ist halt geistig ziemlich beschränkt).

Mit neuem Proviant kam er wenig später zurück, schulterte Kiv und ging mit neuer Zuversicht, an Lanas Seite als Reiseführerin, in Richtung der Dixi-Klo-Minen, wo sie sich in große Lebensgefahr begaben – denn dort lauerte irgendwo im grünen Gras, auf einem Halm oder einem anderen Halm, unsichtbar für ihre Facettenäuglein, der Tod in Gestalt des unbarmherzigen General Uften auf sie.

Werden sie es, trotz des über die Hälfte verstümmelten Kivs und der blutleeren und kraftlosen Lana, schaffen, sich den Dixi-Klo-Minen in einem Stück zu nähern (Kiv wohl eher nicht), General Uftens böse Machenschaften zu vereiteln und Lanas Familie zu befreien?

Pepo wäre nicht Pepo, wenn er darüber auch nur den geringsten Gedanken verschwendet hätte. Er war schließlich eine Schmeißfliege der Tat und der Improvisation. Er besaß einen ausgesprochen scharfen Blick Gelegenheiten zu nutzen, die sich erst im Schaffensprozess dynamisch einstellten. Und diese für seine Vorteile aus der Situation herauszufiltern, war seine große Stärke, von der er selbst gar nichts wusste. Als Außenstehender betrachtet, würde man seine Fähigkeiten eher als naive Trottelei bezeichnen oder gar Schlimmeres (was Kiv tatsächlich auch tat, insbesondere nachdem ihm Pepo mit dem Abziehen seines letzten Fühlers eine Glatze spendiert hatte).

Ohne Plan, ohne Waffen, mit einem bewegungsdranghabenden, einseitig beinlosen Pflegefall der Stufe 3 an der Backe, einer ausgezuzelten, ausgemergelten Schmeißfliege als Führerin durch die Nicht-Fehler-verzeihenden-Gewalten-der-Natur und drei verschimmelten Brotkrumen als Proviant, setzte die zum Scheitern verurteile Expedition, frohen Mutes, ihren Weg fort.

Stunde um Stunde schritten sie voran, kamen aber trotz der Dicht besiedelten Grashalme, wo jeder Einzelne ihren Tod bedeuten konnte (das kann man in dieser Geschichte nicht oft genug wiederholen!), zügig voran. Pepo trieb sie unermüdlich an. Er kannte praktisch keine Pausen. Getrieben von nur einem Gedanken, nämlich keinen Gedanken zu haben, marschierte er aufs Geradewohl. Lana konnte seinem Schritt kaum mithalten und Kiv hätte das womöglich auch nicht, wenn er a) im Besitz all seiner Beine gewesen wäre und b) nicht unter einem Koffein-Schock gelitten hätte.

Bei genauerer Betrachtung war der unaufhaltsame Vormarsch tatsächlich Kiv zu verdanken, der mit seinem verbliebenen Sprungbein (das als einzig funktionierendes Bein, Bodenkontakt hatte - Pepo benutzte er als Gewichtsausgleich für seine linken, glatt abrasierten Beine) , das vor Energie nur so strotzte und auf dem der Fluch eines unaufhörlichen Bewegungsdrangs lastete. Diese Dampfwalze von einem Bein schob Kiv mitsamt seinem Träger Pepo immer weiter voran, obgleich Pepo bereits seit einer halben Stunde im Tiefschlaf schlummerte. Aber die Kräfte des Kaffees, die sich in Kivs letztem Sprungbein manifestierten, gruben seine stillstehenden Füße durch die Erde, wie ein Pflug am Traktor eines Bauern. Unaufhaltsam, immer weiter, bis sie die Kackdämpfe der Dixi-Klo-Minen in ihren Riechorganen aufnahmen. Weit konnte es also nicht mehr sein.

„Stopp!", rief Lana inbrünstig, die Pepo und Kiv auf einen Abgrund zurasen sah. Aber Kiv hatte sein immer weiter voranschiebendes Sprungbein nicht unter Kontrolle. Beiden drohte im Autopsiebericht der Eintrag unter Todesursache:

Unkontrolliertes Grashüpferbein im Kaffeerausch, schob sie über die Klippe.

Pepo, der durch den lieblichen Scheißegeruch allmählich erwachte und Lanas „Stopp-Rufe" nachklingen hörte, stieß seine Füße instinktiv in den Boden und stemmte sich mit aller Kraft entgegen die Fahrtrichtung. Ein Windhauch von hinten hätte genügt, sie hineinstürzen zu lassen, nachdem sie um Haaresbreite zum Stillstand gekommen waren. Kivs unermüdliches Sprungbein grub sich derweil in den harten Untergrund und schaufelte in Windeseile ein Loch.

Doch der Koffeinmissbrauch forderte seinen Tribut. Das stundenlange Anschieben ohne Aussicht auf Ermattung war sehr Verschleißreich. Das Gelenk, das Kivs Bein am Körper hielt, konnte dieser langen Belastung nicht standhalten, und so fiel, oh Schreck, sein zweites Sprungbein von seiner Hüfte, wie die Schuppen aus dem Haar von „Head and Shoulders" Kunden. Doch Kiv war nach dieser kräftezerrenden Leistung längst eingeschlafen und hatte nicht einmal mitbekommen, dass er auf den Boden gefallen war – jetzt da er quasi ohne Beine dastand. Lana, die etwas später eintrudelte, nahm das Bein an sich. „Das könnte noch nützlich sein.", verkündete sie.

Pepo und Lana standen am Abgrund eines riesigen Erdlochs. Ein gelbes Ungetüm aus Stahl mit einem riesigen Maul, das sie schon des Öfteren beobachten konnten, wie es sich durch die Erde wühlte, stand in völliger Stille vor ihnen. „Ich glaube es schläft.", meinte Lana beruhigt.

Dahinter sahen sie die blauen, majestätisch anmutenden Dixi-Klo-Minen. Und wieder spürte Pepo dieses innerliche Verlangen nach der schnellen Scheiße (grenzenloser Reichtum). „Dort muss meine Familie für General Uften schuften.", informierte ihn Lana. Doch für den heutigen Tag hatten sie bereits alle Kraftreserven aufgebraucht.

Morgen, so Gott wollte, würden sie ihre Befreiungsaktion starten. Von General Uften war jedenfalls zentimeterweit nichts zu sehen (was überhaupt nichts zu heißen hatte) und das konnte ein gutes, wie auch als schlechtes Zeichen gedeutet werden. Hoffnungsvoll legten sie sich schlafen, nichts ahnend, was ihnen der nächste Tag an Grausamkeiten bringen würde.

Kapitel 15

Mitten in der Nacht. Die Erde bebte und das Gezitter weckte Pepo und Lana unsanft auf, noch bevor die ersten Sonnenstrahlen ihre kleinen Körper wärmten. In der Dunkelheit der Nacht konnten sich Pepo und Lana kaum orientieren. Sie wussten nur, dass sich irgendetwas in die Erde gegraben hatte. Kiv ließ sich, wie es schien, nicht aus der Ruhe bringen, trotz der gerade stattfindenden Kontinentalbewegung. Mit einem ohrenbetäubenden Geräusch erhob sich das Fleckchen Erde, auf dem sie ihr Nachtquartier aufgestellt hatten, in die Höhe (zumindest fühlte es sich so an). Die beiden drehten sich um und wurden von den Scheinwerfern des kolossalen Monsters geblendet. „Es ist so grell!", schrie Pepo entsetzt und wandte sich wie ein Vampir von der Sonne ab.

Erst jetzt erkannten sie, dass sie diese Bestie erwischt hatte und sie bereits in dessen Maul festsaßen. „Oh nein, wir werden gefressen!", schrie Lana ängstlich. Noch ehe sie davon laufen und fliegen konnten, schwenkte das Biest seinen Kiefer in Richtung der Dixi-Klo-Minen. Kiv, der allmählich wach wurde, rollte auf dem ausgehobenen Erdreich hin und her, nicht fähig irgendwo Halt zu finden. „Das Monster hat mein einziges Sprungbein erwischt. Ich kann mich nicht mehr bewegen!", schrie Kiv in Todesangst, als das riesige Maul des Erdfressers sich zu neigen anfing und dabei war, die Erde wieder langsam auszuspucken. Lana, die noch immer im Besitz von Kivs Sprungbein war (sie hatte das zuckende Bein zunächst als Massagestab benutzt und danach, als die Wirkung nachließ und nur noch schlaff da lag, als Kopfkissen für die Nacht missbraucht, das Linderung für ihre höllischen Nackenschmerzen versprach), band den nun völlig auf Hilfe angewiesenen Grashüpfer um Pepos Rücken – mit dessen losen Bein. „Ich wusste doch, dass wir es, außer als Massage-Stab und Kopfkissen, noch in einem höheren Dienst verwenden können.", stolzierte Lana über ihren großartigen Einfall. So hatte Kiv wenigstens eine Chance zu überleben, auch wenn sein Leben nun an der Reißfestigkeit seines eigenen Beins hing und an den (intellektuellen) Fähigkeiten von Pepo (was in Kombination vielleicht doch keine gute Quote bei der Überlebensfähigkeit erzielte). „Renn um mein Leben!", schrie Kiv, festgezurrt an dem Körper von Pepo. Doch es war bereits zu spät. Alle drei fielen aus dem Metallgebiss der gelben Bestie und wurden unter der Erde begraben.

Lana grub sich schnell wieder an die Oberfläche. Sie blieb trotz des Sturzes und des Begräbnisses unverletzt und suchte sogleich nach den Verschütteten. „Pepo! Kiv!", rief sie ihre Namen. Doch das Monster war zu laut und nahte bereits mit einer neuen Ladung Erde in seinem Maul. Lana überlegte nicht lange und verließ, böses ahnend, fliegend den Hügel. Als der Koloss wieder einen gigantischen Erdhaufen ausgespuckt hatte, landete sie abermals auf dem Erdreich. „Keine Spur mehr von ihnen.", stellte sie erschrocken fest und kreiste noch einmal um den kleinen Berg aus Erde. In der Hoffnung, dass sie die beiden doch noch irgendwo festsitzen sah, erblickte sie Pepo und Kiv, wie sie gerade den Hügel an der Seite herunter kullerten und am Fuße des aufgeschütteten Erdreichs unsanft zum Halten kamen. Ihre Köpfe ragten aus der mitgekullerten Erde heraus und Lana landete ganz in Medicopter-Manier sofort neben ihnen, um Erste-Hilfe zu leisten. „Ich spüre meine Beine nicht mehr!", klagte Kiv.

Lana zog die beiden mit letzter Kraft aus dem Geröll heraus. Zu ihrem Erstaunen hielt Kivs abgetrenntes Bein den Sturz aus und Pepo (mit Kiv auf dem Rücken geschnürt) und Lana rannten, so schnell sie ihre kümmerlichen Beine trugen, aus der Gefahrenzone heraus. Direkt unter das Stahlwesen, wo sie sich in Sicherheit wägten, da es dort ihrer Meinung nach nicht nach ihnen suchen würde, weil das Maul nicht darunter passte. Wie recht sie damit aus ihrer Sicht hatten (aus menschlicher Sicht; da lang ich mir ans Hirn!)

Das Monster biss sich unermüdlich immer weiter durch das Terrain. Es suchte erst gar nicht nach den dreien, stattdessen machte es ständig die gleiche, monotone Bewegung. Vielleicht hatten sie sich geirrt und dieses Biest war niemals hinter ihnen her (wenn die Schmeißfliegen und der Grashüpfer wüssten, was der Polier über Funk dem Baggerfahrer alles für unschöne Dinge an den Kopf warf, weil die Bauarbeiten zu langsam von Statten gingen, sie hätten sich totgelacht. Denn im Grunde war hier der Baggerfahrer, den sie in der Fahrerkabine nicht sehen konnten, der Angeschissene). Sie zeigten jedenfalls kein großes Interesse daran herauszufinden, ob der Stahlkoloss noch immer hinter ihnen herjagte.

Die Dixi-Klo-Minen waren nun zum Greifen nahe. Sieben standen der Reihe nach nebeneinander. Aber noch saß ihnen der Schock tief in den nicht vorhandenen Knochen. Sie waren heilfroh, dass sie so glimpflich mit dem Leben davongekommen waren. Die Gruppe wartete, bis die ersten Sonnenstrahlen das Firmament von dunklem Schwarz, in ein glühendes Orange eintauchte, damit sie ihre Umgebung besser wahrnehmen konnten (was angesichts der bevorstehenden Aufgabe sicher von Vorteil war).

Endlich war es soweit. Die Sonne zeigte sich am Himmel und Lanas Tatendrang wuchs mit jedem Grad Celsius (eigentlich musste sie nur aufs Klo, aber wozu die Energie, die dadurch entstand, sausen lassen, anstatt sie zu nutzen? Lana dachte jedenfalls, durch die Unterdrückung des Drangs könne sie jetzt schneller fliegen und laufen, womit sie nicht ganz unrecht hatte, wenn sie es nur lange genug hinauszögerte). Die Welt tauchte allmählich in das Tageslicht. Pepo, Kiv und Lana, die sich noch immer unter dem Bagger befanden, sahen plötzlich auf einem großen Grashalm General Uften, wie er eine Schmeißfliege zwischen seinen Fangarmen hielt und sie heftig anbrüllte. „Das ist ja meine Mutter!", hielt Lana den Atem an. Doch bevor sie sich von ihren Emotionen leiten ließ und sich Hals über Kopf in ihr Verderben stürzte (was konnte sie schon alleine gegen ihn ausrichten?), band sich Pepo seine

Last vom Rücken, legte Kiv vorsichtig in den Sand (durch menschliche Augen betrachtet, warf er ihn einfach nur rücksichtslos in den Dreck, das ist wie mit der Mimik-Geschichte, das tun die einfach, obwohl es niemand bemerken kann) und rannte wie ein feiges Huhn davon. Damit hatte wohl niemand gerechnet, am wenigsten Lana.

Pepo konnte seine Flügel wegen des Drucks, den Kiv auf seine Flügel längere Zeit ausübte als er ihn noch schulterte, noch nicht benutzen. Sie waren ganz verknittert und wahrscheinlich noch eine Zeit lang flugunfähig (daher er weniger einem feigen Huhn glich, das ja davonfliegen konnte, sondern vielmehr einem feigen Laufvogel wie dem Strauß, der seine Flügel auch nur hat, um seine Blöße zu verdecken). Aber dafür rannten seine Strichbeine was das Zeug hielt und er lief die ersten hundert Zentimeter wahrscheinlich in neuer Fliegenbestzeit (weil Fliegen ja bekanntlich flogen, sonst würden sie ja „Liefen" und nicht „Fliegen" heißen).

Lana sah völlig verwirrt drein. Hin- und hergerissen, zwischen größtmöglicher Enttäuschung und der Verfolgung von Pepo, um ihn eine Schelle links, eine Schelle rechts für sein frevelhaftes Verhalten zu verpassen, der schnellen Hilfe für ihre Mutter und einen alleinigen Angriff auf General

Uften (Kiv konnte sich ja selbst nicht mehr helfen) und dem Drang endlich loszulassen und zu pinkeln, entschied sie sich für die goldene (tödliche) Mitte. Sie startete ihre Flügel und hob in Richtung der Fangschrecke ab. Das Einzige was Lana noch von Pepo mitbekam war, als er den Hügel hinaufkletterte, von wo sie herkamen und Kiv ihm, noch unter dem Bagger liegend, anflehte, ihn mitzunehmen.

Mit voller Geschwindigkeit erreichte sie General Uften. Während des Flugs flossen ihr Tränen aus den zahlreichen Facettenaugen. Sie wollte sich nicht eingestehen, dass sie von der großen Enttäuschung ihrer großen Liebe herrührte und gab stattdessen dem Gegenwind die Schuld daran. Die Fangschrecke war gerade dabei, das Opfer an ihr Kauwerkzeug auszurichten, um es zu vertilgen. „Lass meine Mutter frei! Sonst...", doch Lana fiel nichts Passendes ein, um den Satz effektiv zu beenden. Stattdessen scannte sie die Umgebung nach irgendwelchen Hilfsmitteln, die ihr dabei behilflich sein konnten, General Uften zu vernichten. Denn nur sein Tod konnte die Schreckensherrschaft über ihre Familie beenden.

„Ach geh, wen hamma na da?", sprach General Uften in einem österreichisch-bayerischen

Dialekt, vermutlich wienerisch, obwohl sich diese Geschichte im Central Park in New York abspielte und General Uften so viel von Österreich und Bayern verstand, wie Politiker von der Realität. „Wenn des mol net die Lana is.", sprach er, als wäre er hocherfreut sie zu sehen. „Host etz endlich Pepo gfunden und ihn zua Streckn broacht?", fragte er siegesgewiss, denn was für einen Grund hätte Lana gehabt zurückzukehren, außer zu berichten, dass sie ihren Auftrag erfüllt hatte. Sie wusste nämlich, dass sie ohne gute Nachrichten gar nicht erst hier auftauchen hätte dürfen. Ein Scheitern ihrer Mission würde mit sofortiger Wirkung mit dem Tode geahndet. Darum war auch General Uften so von ihrer Anwesenheit angetan. Was Pepo nämlich nicht wusste war, dass das rechte Auge der Fangschrecke von einer unschönen Narbe durchzogen war, die ihm Pepo beim Versuch, ihre Familie zu retten, zugeführt hatte.

Pepo konnte sich im Grunde, auch nach all seinen Anstrengungen, nur an sehr wenig erinnern. Er war ein Held, der an Gedächtnisverlust litt, ein Held, der das Zeug dazu hatte, die Schmeißfliegen zu befreien, die hart in den Dixi-Klo-Minen schuften mussten und dort oft ihren Tod fanden. Die harte Arbeit, Scheiße aus den Schächten zu fördern, gepaart mit der ständigen Gefahr durch Trolle zerquetscht zu werden, ließ die Todesnachrichten ihrer Familienangehörigen täglich aufs Neue in die Höhe schnellen. Aber es waren nicht nur Lanas Familienmitglieder, die dort zu Arbeitssklaven gemacht wurden. Mittlerweile waren es hunderte Schmeißfliegen, von Nachbarn bis gänzlich Unbekannte. Sie alle mussten befreit werden, aber vorrangig Lanas Mutter, die noch immer in den Klauen des General Uften lag. „Lass meine Mutter gehen!", rief Lana. „Ich habe den Auftrag erfüllt!" Selbstgefällig strich sich die Fangschrecke mit einer ihrer bizarren Fangarme über das verunstaltete Auge. „Und wo is des Oaschloch etz? Host du mia seine Leichn mitgebrocht, wie mas abgsprochn ham?" Lana versuchte sich Zeit zu verschaffen, indem sie ihm eine weitere Lüge vorgaukelte. „Na klar. Aber du musst verzeihen, dass ich nicht in der Lage war, seine Leiche hierher zu transportieren. Dafür bin ich einfach zu schwach!" Die Fangschrecke lachte: „Jo, des wois i scho. Ihr seids so schwach, des gfällt ma ja so. Schwächlinge!" Trotz der guten Stimmung löste sich die Umklammerung um ihre Mutter nicht einen Millimeter. Sie musste sich schon etwas Besseres einfallen lassen.

Genüsslich öffnete er sein fieses Mundwerkzeug und presste Lanas Mutter daran, um sie bei lebendigem Leib aufzufressen. Doch Lana versuchte einen letzten Trick. „General Uften, du musst das nicht tun. Ich habe zur Feier des Tages eine besser schmeckende Delikatesse für dich dabei. Einen saftigen Grashüpfer. Er ist ein weiterer Verräter, der Pepo bei all seinen Taten geholfen hat. Er liegt dort unten, unter dem gelben Koloss. Er kann sich nicht mehr bewegen und wartet nur darauf, von dir gefressen zu werden. Du musst dir also deinen Magen nicht mit einer unappetitlichen Speise verderben." Lana fühlte sich schrecklich, bei dem Gedanken, ihren Freund an denjenigen verraten zu haben, den er am allermeisten fürchtete. Aber ihr Plan ging auf, als General Uften einen Blick unter den Bagger warf. Da lag ein grüner, saftiger, Grashüpfer und er schien tatsächlich bewegungsunfähig zu sein. „Jo mei, des is aba a tolle Überraschung füa mi. Dankschee!"

Die Fangschrecke ließ die Schmeißfliege los und befahl ihr, wieder an die Arbeit zu gehen. Doch zuerst summte sie zu Lana hinüber, um sie zu umarmen. Eine innige, lange Umarmung folgte, in der Lana die ganze Zeit über nicht eine Sekunde lang in das Gesicht ihrer Mutter blicken konnte. Es war fast so, als würden sie sich nie wieder voneinander lösen wollen. Doch dann geschah etwas Unerwartetes. Lana spürte, wie ihre Mutter sie mit einem dünnen Grashalm verknotete. Dann hörte sie ihre Mutter unter diabolischem Gelächter sagen: „Zu Befehl mein Herr!" Erst jetzt bemerkte Lana, dass es sich hierbei nicht um ihre Mutter, sondern um ihren Exfreund Garry handelte (die Mutter und ihr Exfreund schienen ziemlich gleich auszusehen, aber tun das nicht alle (Schmeiß)Fliegen irgendwie? Wer blickt da noch durch? Nicht mal die Fliegen selbst. Pepo selbst erkannten sie wahrscheinlich auch nur an der Narbe auf seinem Hinterleib und die Geschichten, die um ihn kursierten).

„Bring si in di Vorratskammer. Außer si zu fressn, hob i koane Verwendung mera füa si." Garry schleifte sie hinter sich her und verschwand dann in der nahegelegenen Vorratskammer, einem Spielzeug-Wäscheständer für kleine Puppen, der nicht größer war als eine Trollhand. Dort hing er sie auf. Baumelnd betrachtete Lana, wie General Uften in Richtung Kiv davon flog (ja auch Fangschrecken können fliegen!).

Pepo war verschwunden, Lanas Mutter entpuppte sich als ihr fieser Ex. Sie selbst hing gefesselt an einem dünnen Grashalm in der

Vorratskammer des General Uften und Kiv lag der Fangschrecke, nichts ahnend, wie auf dem Präsentierteller. Eigentlich konnte sie nur noch ein Wunder retten.

Kapitel 16

Der Bagger war mittlerweile einige Meter weiter durch das Terrain gekommen (die ständigen Beschimpfungen durch den Chef zeigten beim Baggerfahrer wohl Wirkung) und Kiv lag nun blank in der sengenden Sonne und trocknete langsam aus. Einige Trolle kreuzten seinen Weg, drohten ihn unter ihren großen Füßen zu zerquetschen, aber er konnte sich immer wieder geschickt um ein paar lebensspendende Millimeter hin- und herrollen. Wenn er noch seine Fühler gehabt hätte, sie hätten sie ihm bestimmt schon ausgerissen. Das war der Moment, wo Kiv sich insgeheim bei Pepo bedankte, dass er ihn zu einem Glatzenträger mutieren ließ, um ihm diese Hölle zu ersparen.

Kiv versuchte mit seitlich rollenden Bewegungen von der Baustelle der Trolle zu entkommen, aber er konnte sich nur geringfügig von links nach rechts rollen, genauer immer nur von der Bauch- in die Rückenlage und wieder zurück, weil sein letztes, allerletztes Bein (vorne rechts) immer wieder beim Weiterdrehen blockierte. Seine Methode (Bauch – Rücken – Rücken – Bauch) war zweifellos effizient beim Ausweichen der Trollfüße, funktionierte aber nicht, um von diesem unheilvollen

Ort wegzukommen. Kiv verfluchte sein allerletztes Bein, das ihn gänzlich daran hinderte, aus der Gefahrenzone zu verschwinden.

Ein kalter Schatten überkam Kiv bei seinen kläglichen Windungsversuchen, der, egal auf welche Seite er sich auch drehte, nicht recht verschwinden wollte. Irgendetwas oder vielmehr irgendjemand musste ihm im Weg stehen. Also rollte er sich auf die rechte Seite, damit er mit seinem linken Auge (das als Einziges noch funktionierte) sehen konnte, wer ihm da in der Sonne stand.

Hätte er es mal lieber dabei belassen, denn vor ihm stand sein größter Albtraum – General Uften, mit ausgespreizten Fangarmen. „Jo di Lana hot net gelogen. Des is ja da Wahnsinn. Wie an vollständiga Grashüpfer schaust ma du aba nimma aus, mei Freind." Die männliche Gottesanbeterin umrundete Kiv und betrachtete sie energisch. Als er sich ein Bild von dem verhunzten Grashüpfer gemacht hatte, kam er zu folgendem Entschluss: „Aber des ko ma schon no gelten lassen. Mei Grashüpferl, i hob di zum Fressn gern." Kiv protestierte heftig. „Du willst doch keinen Krüppel fressen. Krüppel schmecken nicht, das weiß ich aus eigener Erfahrung. Einmal, im Zeltlager nämlich…". Doch General Uften war von seiner jämmerlichen

Darbietung nur genervt. „Schweig! Elendigs Wesen. Nimms ma bitte net persönlich, aba i werd di etz fressn! Schließlich bist a Gschenk von da Lana und Gschenkala schaut ma net ins Maul. Außer du! Du derfst ma fei scho ins Maul schaun." Die Fangschrecke lachte lauthals und begann sich Kiv mit seinen schrecklichen Klauen zu nähern. Der Grashüpfer, vom Fluchtgedanken gepackt, konnte ihm nicht entkommen. Selbst wenn seine Rollversuche 360 Grad schaffen würden und er dadurch wenigstens in eine Richtung abhauen konnte (er schaffte jedoch immer nur 180 Grad, egal in welche Richtung), so wäre er dennoch viel zu langsam gewesen. Seinen Tod vor Augen, verfluchte er Lana, dachte noch einmal lächelnd an seine vor ihm verschiedene Schwiegermutter und klagte den Schöpfer an. „Wie gewonnen, so zerronnen!", dachte er, als General Uften begann, ihn portionsfertig vor seinen Mund zu schieben und knabberte bereits sein letztes Beinchen ab (was Kiv eh nicht spüren konnte, da es in der letzten Etappe der Reise über tot von seinem Körper hing, er aber vor lauter Adrenalinausstoß gar nichts mehr davon mitbekam).

Einige Trolle wurden Zeugen von dem unfairen Kampf auf Leben und Tod. Sie bildeten einen Kreis um sie und starrten die beiden an. Sie jubelten und feuerten die Fangschrecke an, endlich den Grashüpfer zu verspeisen (widerlich diese Trolle). Als Kiv kurz vor seinem Schöpfer stehen sollte, passierte jedoch etwas völlig Erwartetes, mit unerwarteten Mitteln. Pepo kam angerauscht, mit zwei Hinterleibern unter seinen Achseln geklemmt, die wie die Ärsche von Hornissen aussahen. Er orientierte sich am Gelächter der Trolle, um Kivs Aufenthaltsort zu bestimmen. Selbst er musste sich bei seinem Anblick das Schmunzeln verkneifen, was er niemals zugeben würde. Also ging er folgerichtig davon aus, dass die Trolle das Gleiche taten. Nur ihr Lach-Unterdrückungs-Sinn schien nicht richtig zu funktionieren.

Pepo landete vor General Uften, der vier bis fünf Mal so groß war, wie er selbst und Kiv wie ein französisches Baguette vor seinem Mund hielt, bereit hineinzubeißen. „Pepo!", spuckte die Fangschrecke vor Überraschung und verschluckte sich an seinem eigenen Speichel, den er in seinem Maul gesammelt hatte, um Kiv besser zu verdauen. General Uften hörte gar nicht mehr auf mit Husten und ließ den Grashüpfer fallen. Er versuchte sich mit seinen Krallen selbst auf den Rücken zu schlagen, um Linderung herbeizurufen, aber er schaffte es nicht. So gelenkig waren sie dann doch nicht. Stattdessen wackelte er abwechselnd mit seinen Fangarmen und für die Trolle, die ihn mit ihren Handys filmten, sah es so aus, als würde er Männchen machen (General Uften wurde nach der Geschichte posthum zur meist geklickten Fangschrecke auf Youtube).

„Kiv, ich bin bei dir!", machte sich Pepo bei seinem Freund bemerkbar. „Könntst du mia net a mal aufm Rücken klopfen?", fragte General Uften hustend. Pepo, der sich nichts dabei dachte, kam der Bitte, hilfsbereit wie eh und jeh nach, und hämmerte wie wild auf seinen grünen Chitinpanzer. Das Husten verklang und Pepo gesellte sich wieder zu seinem Freund. „Dankschee. I glab i wär dastickt.", bedankte sich die Fangschrecke bei der Schmeißfliege. Kiv wollte sich, als Zeuge vor so viel Dummheit, gerade aufs Hirn schlagen, da bemerkte er, dass er nun gänzlich arm- und beinlos war. Mit einem Schulterzucken nahm er das völlig emotionslos zur Kenntnis.

Pepo war im Glauben, dass die lebensrettende Maßnahme an Dons Geschäftspartner vielleicht zu einem Waffenstillstand führte. Aber selbstverständlich nicht, sonst könnte sich der Autor dieses Buches ja jetzt entspannt zurücklehnen und die Playstation anwerfen. Stattdessen, bäumte sich General Uften jetzt kämpferisch vor Pepo und Kiv auf. Da quetschte Pepo an die Hinterleiber der mitgebrachten Hornissen und die giftigen Stacheln kamen zum Vorschein, die er der Fangschrecke kampfeslustig entgegenhielt. „Versuchs doch und ich verpass dir hiervon eine!", provozierte Pepo die männliche Gottesanbeterin. Aber General Uften ist nicht umsonst als einer der gefährlichsten, hinterhältigsten und grünlichsten Wesen bekannt. Und so rief er nach Garry, der unweit vom Schauplatz ein Auge (oder tausende?), auf seine Ex-Verlobte Lana warf.

Garry kam sehr schnell angerauscht. Nachdem er von Lana in der Vergangenheit wegen Pepo verlassen wurde, an das sich unser Held (in Ausbildung) jedoch nicht erinnern konnte, veränderte sich Garry stark. Er sann auf Rache. „Was kann ich für sie tun Meister?", wollte er von seinem Boss wissen. „Töte die Lana füa mi!" Auf diesen Befehl hatte Garry schon so lange gewartet. Endlich konnte er seinen Frust, seinen Neid, seinen niederen Gelüsten freien Lauf lassen. Garry summte voller Mordlust davon. „So Pepo, etz koanst du nua einen retten. Entweda den halbtoten Grashüpfer oder dei Freindin, die gefangen aufm Hügl hinta uns in meina Vorratskamma in Gras eingwickelt is." Die männliche Gottesanbeterin lachte diabolisch. Sie war stolz auf so viel Grausamkeit.

Pepo stand starr vor General Uften. Hinter ihm lag Kiv (oder das, was von ihm übrig war). Viel Zeit zum Nachdenken blieb Pepo nicht. Er wollte schon losfliegen, um Garry aufzuhalten und Lana zu retten. Aber das wäre der sichere Tod für Kiv gewesen. Auf der anderen Seite, was hatte Kiv noch für ein Leben zu erwarten? Er war ja tatsächlich nur noch ein französisches Baguette und diente eigentlich nur noch gut als Hauptmahlzeit oder bei den schwindenden Gliedmaßen zumindest als Nachspeise oder Zwischenmahlzeit. Schnell schüttelte Pepo diesen grauenhaften Gedanken wieder von sich. Rettete er Lana, starb Kiv. Und rettete er Kiv, starb Lana. Beide schienen ihm gleich wichtig zu sein. Die Zeit verfloss dahin. Zeit, die er sich nicht leisten konnte, zu vertrödeln. Warum nur, konnte er sich nicht zweiteilen und beiden helfen? Immer wieder hüpfte Pepo von einem Bein, auf das andere. Er war ein Gefangener seiner Gefühle. Hin- und hergerissen zwischen dem sofortigen Aufbruch, um Lana zu retten oder sich wie eine schützende Wand vor Kiv zu stellen, stand er ohne Plan da. Er konnte einfach keine Entscheidung fällen. Doch egal, wie er sich entscheiden würde - eins war klar: Der Sensenmann durfte bald einen der beiden vorschnell in die Unterwelt holen.

Kapitel 17

Pepo betrachtete sich kurz Kivs trauriges Erscheinungsbild. Wie ein Brett lag er auf dem Boden, von Dreck beschmiert und er hatte tatsächlich etwas Ähnlichkeit mit einem, zugegeben nicht mehr ganz so taufrischen, aber immerhin, deliziösen französischem Baguette, jetzt wo er komplett ausgerupft war.

„Sorry Kiv, aber mit dir kann ich mich nicht paaren!", entschuldigte sich Pepo und war gerade im Begriff, Garry hinterherzufliegen, um ihn zu stoppen. „Und was ist mit „Bruder vor Luder?", versuchte Kiv ihn mit Selbstmitleidsgesängen umzustimmen. Pepo, der noch nicht weit gekommen war und sich nach wie vor zwischen General Uften und ihm befand, machte kehrt und landete genau vor Kivs Gesicht. Dieser Spruch hatte irgendetwas in ihm ausgelöst. Er hatte ihn irgendwo während des Aufenthalts im *Kelch des Vergessens* aufgeschnappt, wo sich zwei Trolle außerhalb dieses Gefängnisses über ihre weiblichen Artgenossen unterhielten. Und Trolle schienen über die weibliche Spezies viel zu wissen. Oder um es anders zu formulieren, sie wussten überhaupt etwas. Denn Pepo wusste ja dank seiner Amnesie fast überhaupt nichts mehr aus seinem Leben; weder, wie man sich sozial konform verhielt, noch wie man sich erfolgreich an das weibliche Geschlecht heranpierschte. Aber wenn er eines verstand, dann den Ausspruch „Bruder vor Luder."

Dennoch, sein Bauchgefühl riet ihm, Lana zu retten. Mit ihr hatte er zumindest die Chance, Nachwuchs zu zeugen und das stand, angesichts der bereits an Unmengen verstrichenen Lebenszeit, ohne auch nur eine einzige Erinnerung daran zu haben, an oberster Stelle seiner To-Do-Liste. Pepo beugte sich über Kiv. „Versetz dich doch mal in meine Lage. Ich habe die Wahl jemanden zu retten, der steif ist wie ein Bügelbrett, eine Spaßbremse *par excellence*, weil ich ihn überall mit hinschleppen muss - Dank der nicht vorhandenen Beine - der sich nicht mal mehr selbst füttern kann, weil er zu allem Übel auch keine Arme mehr hat und alle erschreckt, weil er aussieht wie ein Freak."

„Ich hoffe du sprichst von Lana.", warf Kiv ein. Er wollte Pepo einfach nicht verstehen und verstand, dank seiner Gabe, Dinge schön zu reden, immer nur „Kiv ich rette dich." Daher freute er sich riesig über Pepos Entscheidung, ihn zu retten. Aufgeregt wippte er hin und her, doch an Pepos Gesichtsausdruck (der immer und zu jeder Zeit gleich blieb, egal worum es ging), konnte der Grashüpfer erahnen, dass er von ihm gesprochen hatte. „Kurz, derjenige, dessen Namen ich nicht nennen möchte, passt einfach nicht mehr in mein Leben. Dieser jemand, ich nenne ihn Kiv, hält mich nur davon ab, mich mit Lana zu paaren. Und ehrlich, Glatzen sind seit der Wuschel-Kopf-Bart-Bewegung out.", versuchte Pepo seine Entscheidung zu erklären, wobei ihn seine eigene Argumentation selbst anwiderte, als er sich sprechen hörte. „Aber du kannst auch mit mir deinen Spaß haben. Paar dich mit mir! Ich kann nicht weglaufen!", bot er der Schmeißfliege an. „Nimm mich!"

Pepo seufzte. „Kiv hör mal... meinst du das ernst? Was rede ich da. Ich habe selbst nicht mehr viel Lebenszeit, auch wenn wir das hier überleben sollten. Als Mann musst du mich da jetzt einfach mal verstehen. Sei nicht so egoistisch. Es geht nicht immer nur um dich. Außerdem, auch wenn ich nicht viel über mich weiß, bin ich mir trotzdem hundert prozentig sicher, dass ich nicht schwul bin. Und falls doch, dann würde ich trotzdem auf... wie soll ich sagen... ganze Sachen stehen!" Eine kurze Pause folgte. Ganz geknickt sah Kiv drein und rief „Diskriminierung!" Das wollte sich Pepo natürlich nicht gefallen lassen. „Also versteh mich jetzt bitte nicht falsch. Gerade du...!" Kiv aber übertönte ihn. „Sieh mich an, verflucht noch eins! Ich bin so hässlich, so abartig hässlich, dass du in meiner Gegenwart IMMER als die schönste Schmeißfliege gelten wirst." Pepo wurde hellhörig. „Was willst du damit sagen?", fragte er verwundert. „Na, dass du neben mir noch schöner wirkst, als du eh schon bist." Kiv konnte nicht fassen, dass er das wirklich gesagt hatte, aber er musste um sein Leben lügen. „Verstehe, verstehe. Und was hat das zur Folge?", wollte Pepo wissen. „Das liegt doch auf der Hand (Kiv wollte gerade seine Erzählung mit händeschwenkenden Gesten untermauern, da fiel ihm wieder ein, dass er keine mehr besaß)! Du bekommst alle Lanas der Welt, dank meiner kümmerlichen Erscheinung. Und das mein Freund heißt, du kannst dich mit jeder Schmeißfliegenlady paaren, die unseren Weg kreuzt. Jackpot Baby!" Angesichts der mauen Kassen war das gar kein schlechter Gedanke, wie Pepo fand. Dennoch spürte er ein tiefes Sympathiegefühl für Lana (auf den Punkt gebracht, er war spitz wie Omas Lumpi).

Als Kiv keine ihm wohlgesonnene Reaktion erkennen konnte, fing er an, Pepo anzupöbeln und über Lana zu schimpfen. „Sie ist falsch, so grauenhaft falsch. Sie hat mich an General Uften verfüttert. Sie führt irgendwas im Schilde und wir beide sind nur Mittel zum Zweck. Sie will uns erledigen, ja genau, das will sie. Und wenn du mir nicht glaubst, bist du genauso hohl wie ich gehbehindert. Nämlich voll und ganz – ohne Einschränkung!"

Doch ihr Zwist wurde alsbald jäh durch einen dumpfen Knall unterbrochen. Pepo drehte sich um und Garry lag, enggeschnürt in einem nassen Grashalm und ohne Bewusstsein, zu seinen Füßen im Staub. Triumphierend schwebte Lana über dem Geschehen. „Du hier?", grüßte sie ihren Artgenossen überrascht. „Äh ja. Ich habe nur diese Waffen hier besorgt, um dich und deine Familie effektiv zu befreien. Mit so einem Stachel habe ich schon eine Spinne erledigt – und mich wieder daran erinnert." Pepo hielt mit geschwellter Brust die Hornissenärsche mit ihren ausgefahrenen Stacheln in die Luft, um sie ihr zu zeigen. „Nun, wie du siehst, habe ich mich selbst gerettet. Like a boss.", strahlte Lana und klopfte sich selbst auf die Schulter.

General Uften war geradezu amüsiert über die beiden. „Irgendwie mog i eich. Ihr gebts wohl ni auf. Besonders di Lana. Wie host du des nua aus meina Vorratskammer gschofft?" Lana erzählte General Uften plötzlich in blinder Eitelkeit und ohne weiteren Blick für die eigentliche Sache, dass sie, während sie so zugeschnürt am Haken hing, plötzlich ihrem Drang nachgab und es einfach laufen ließ. Die gewaltigen (Wasser-/Urin-)massen, die nun durch jede Ritze der Verschnürung drang, flutschte sie aus ihrem Gefängnis, ähnlich wie bei einer Rohrverstopfung, die man durch Wasserdruck versucht zu lösen. Und so gelangte sie in die Freiheit. Wie ein Korken schoss sie auf Garry, der just in diesem Moment auftauchte, um sie zu erledigen.

Pepo und Kiv hingen gebannt an Lanas Lippen, die ihre Geschichte schön auszuschmücken wusste. Sie ging darauf ein, wie befreiend es gewesen war, endlich dem Druck nachgegeben zu haben (in zweierlei Hinsicht). Zum einen, ihr wisst schon, dieses schöne Gefühl, endlich laufen lassen zu können, nachdem man es so lange verdrückt hat, bis man es nicht mehr aushielt und zum anderen, dass dieses Erlebnis sie wahrhaftig aus der Umschnürung befreite. Sie erzählte, wie gut es sich anfühlte, als sie ihren Ex so regungslos auf dem Boden gesehen hätte, nachdem sie auf ihn gefallen war, kurz bevor er sie töten konnte. Dabei fiel ihr zum ersten Mal auf, wie warm ihr Urin gewesen war und sie deshalb keine Angst mehr vor zukünftigen

Wintern hätte, da eben diese warme Flüssigkeit sie von nun an vor Erfrierungen retten würde. Schließlich hatte sie es ihrem eigenen Harn zu verdanken, überlebt zu haben (sie hatte noch nie einen Winter erlebt und ahnte, dass sie diese Jahreszeit auch nicht erleben würde, aber was solls? Hauptsache theatralisch in Szene gesetzt).

Glitschig, landete sie neben Pepo und Kiv. Das Ergebnis ihrer Aktion würde General Uften ja jetzt gut verschnürt vor seinen Augen sehen. „Aber was geht dich das überhaupt an?", fragte Lana die männliche Gottesanbeterin angeberisch, als sie zum Ende ihrer Geschichte kam. Doch von der Fangschrecke war keine Spur mehr zu sehen. Er hatte die Zeit weise genutzt, um sich in einem geeigneten Moment zu verdünnisieren (bei der Geschichte wohl kaum ein Wunder). „Er kann noch nicht weit weg sein!", schlussfolgerte Lana. „Wir müssen ihn töten, bevor er seine Mückenplage auf uns hetzt." Nicht weit von den Dixi-Klo-Minen lag nämlich die Kaserne der Mücken, die allesamt einen Gedenkgottesdienst für Adelheid und Felizitas hielten (man fand ihre abgetrennten Köpfe am Ufer treiben). Lana war sich sicher, dass General Uften die Mücken als nächstes aufsuchen würde. Und dann gäbe es ein hässliches Gemetzel. Pepo übergab daraufhin Lana einen Hornissenhinterleib. Den anderen behielt er bei sich. Doch bevor sie sich davon machten, versteckten sie Kiv an einem sicheren Platz vor den Trollen, die überall mit ihren Schaufeln und schweren Gerät auftauchten. Aber sie versteckten ihn auch vor General Uften und seinen blutsaugenden Mücken, die an ihm sicherlich als Appetithäppchen für zwischendurch durchaus Gefallen finden würden.

Sie legten ihn unter einer großen Pflanze ab, mit langen geripptem, knotigem Stiel und Verzweigungen an der Spitze. Die aufgegangenen Blüten schimmerten weiß und dieser Anblick sollte Kivs einzig funktionierendes Auge etwas Ablenkung verschaffen, von den tristen Ausblicken dieser Trollbaustelle (außerdem war es die einzige weiße Pflanze weit und breit und diente somit auch der Orientierung beim Wiederfinden des Grashüpfers). „Genau hier legen wir dich ab, wo du dich nicht mehr von den ganzen, umherschwirrenden Feinden zu sorgen brauchst. Nachdem wir Lanas Familie befreit haben, General Uften besiegt und die Mücken zerschlagen haben und uns die gesamte Scheiße in den Dixi-Klo-Minen unter den Nagel gerissen haben, holen wir dich hier wieder ab!", versprach Pepo. „Bringt mir beim Rückweg etwas Wasser mit.", meinte Kiv zum Abschied.

Kapitel 18

Pepo und Lana schwirrten in Richtung der Dixi-Klo-Minen aus. Zuerst wollten sie die Schmeißfliegen, Lanas Familie und andere Arbeitssklaven, für ihre Zwecke gewinnen – General Uften zu verjagen oder im besten Fall, gleich um die Ecke zu bringen. Das Verstecken von Kiv dem Grashüpfer hatte doch zu viel Zeit in Anspruch genommen, als das sie jetzt noch in der Lage wären, ihn erfolgreich von der Vereinigung zwischen ihm und seiner Mückenarmee abzuhalten. Zu groß war sein Vorsprung mittlerweile.

Aber die Dixi-Klo-Minen waren ebenso tückisch wie gefährlich. Nicht alle standen offen, das war das erste Problem. Um genau zu sein, stand nicht eine einzige offen. Pepo und Lana surrten die sieben Minen ab, die in Reih und Glied nebeneinander standen. Aber keine wollte sich öffnen. Der Kackgeruch hingegen lag überall in der Luft. „Das ist wahrer Reichtum.", träumte Pepo vor sich hin.

Plötzlich kam ein Troll angerannt. Er verkniff ganz komisch die Augen und hielt mit einer Hand seine Arschbacken zusammen. Schnell öffnete er einen Zugang zu einer Dixi-Klo-Mine und Pepo und Lana konnten gerade noch durch einen kleinen Spalt hindurch fliegen, als das große Tor hinter ihnen ins Schloss fiel. Der Troll zog hastig seine Arbeitshose herunter und setzte sich auf eine kreisrunde Aushebung, ein Loch, in das er den Wohlstand hineinfallen ließ. Aber zuerst läutete er den Transfer der Scheiße mit einem lauten Furz ein. Vielleicht ein Warnhinweis der den Schmeißfliegen galt (um nicht erschlagen zu werden), die da unten arbeiteten und die Scheiße zu Tage förderten. Der Furz, auf den sogleich ein weiterer folgte und mehr und mehr zu einem basshaltigen Konzert mit Höhen und Tiefen avancierte, fand in Lana und Pepo die anhänglichsten Fans. Diese Gerüche, die der Troll von sich gab, waren unumkehrbar mit dem schönsten (Darm)Inhalt verbunden, den er, seinem angestrengten Gesicht nach, gleich in die Grube abwarf.

Ganz benebelt und gut gelaunt (so viel Scheiße hatten sie noch nie im Leben auf einem Haufen gesehen!), warteten sie das Geschäft des Trolls ab, senkrecht stehend an einer Innenwand. Aber die Kackdämpfe hatten bald eine berauschende Wirkung auf die beiden. Und so verloren sie alle Hemmungen. Sie wollten so schnell wie möglich an das dunkle Gold herankommen und so flogen sie direkt den Troll an. Die intensiven Gerüche ließen ihre Alarmglocken zerfließen, sodass sie keine innere Stimme mehr davor warnen konnte.

Der Troll schien ziemlich mit dem Abladen beschäftigt zu sein, denn vorerst nahm er die beiden Schmeißfliegen nicht zur Kenntnis. Aber das änderte sich schlagartig, als er dabei war, seine Abladeluke mit einem Stück Papier zu reinigen. Immerwährend flogen Pepo und Lana den Troll an, lachten vor Glück, scherzten über so viel Reichtum. Dabei stießen sie sogar des Öfteren mit dem Troll zusammen. Der schlug wie wild nach ihnen, verfehlte sie aber jedes Mal. Dass die beiden bei ihrer unüberlegten Aktion nicht draufgegangen sind, verdankten sie ein Mal dem universellen Glück, dass just in diesem Moment auch ihnen zuteilwurde und dem Boss-Troll, der überraschenderweise das Tor der Dixi-Klo-Mine aufriss und den scheißenden Troll anbrüllte, er solle seinen LKW schleunigst woanders parken.

Nachdem die Trolle verschwunden waren, wollte Pepo, getrieben von seiner Gier, endlich einen Blick durch das Loch werfen. Von dort dröhnte das Summen der vielen arbeitenden Schmeißfliegen hinauf. Als Pepo sich dem Loch näherte, verfing er sich an einem klebrigen Faden. Er stammte von einer Spinne, die rechts oben ihr Netz gespannt hatte. „Fo Fo, wen haben wir denn da?", lispelte die Spinne hämisch und bewegte sich langsam an dem Faden hinab, an dem Pepo hing. Die Schmeißfliege wurde dadurch ganz schön durchgeschaukelt. Die beiden Hornissenleiber lagen längst am Boden. Sie hatten sie dummerweise verloren, als sie „high" von den Dämpfen, unzurechnungsfähig durch den Raum schwirrten und den Troll ärgerten. Leider war der Troll beim Hinausgehen auf eines der Hornissenärsche getreten und war somit unbrauchbar geworden. Aber der andere, der nicht weit von dem zerquetschten lag, schien noch intakt.

Lana krabbelte langsam auf der anderen Seite der Wand hinunter, fokussiert auf die Waffe. Die Spinne krabbelte indes unbeeindruckt weiter auf den zappelten Pepo zu. „Ef hat keinen Finn fich zu wehren. An mir kommt keiner vorbei.", versicherte ihm die Spinne und lispelte ungewöhnlich stark bei jedem S-Laut, fast als wäre er eine Schlange. „Es scheint so.", gab Pepo von sich, um sich im nächsten Moment nur energischer gegen diesen klebrigen Faden zu wehren. Aber es half tatsächlich nichts. Die Spinne trat genau vor ihn und wetzte bereits ihre widerlichen Kauwerkzeuge. Pepo verschloss aus Schrecken seine Augen, als er sich daran erinnerte, dass ihm das naturbedingt unmöglich war und sich dann doch entschied, sie offen zu behalten. Die Spinne keifte und sabberte auf den Boden und es sah so aus, als hätte Pepos letztes Stündlein geschlagen. Als er sich bereits zu den Toten wähnte, denn Lana suchte noch immer vergebens nach dem Hornissenpo, geschah etwas völlig Überraschendes.

„Name?" Pepo sagte nichts. In Gedanken war er ja bereits tot. „Name? Oder kannſt du nicht ſprechen?", wollte die Spinne von ihm wissen. Dem Anschein nach war diese besonders widerliche Art eines Gliederfüßers nicht an ihm als Mahlzeit interessiert. „Alfo wie heiſt mein kleiner Zappelphillip denn nun oder ſoll ich ihm beim Erinnern helfen?" Die Spinne ließ keinen Millimeter zwischen ihm und seinem Kopf. Mit voller Absicht spuckte sie ihm beim Sprechen ins Gesicht. Seine Kieferklauen zogen mit jedem ausgesprochenen Wort lange Speichelfäden, was unzweifelhaft an seiner Sprachbehinderung lag, aber allmählich überkam Pepo das Gefühl, dass sie ihn doch auffressen würde, wenn er nicht endlich seinen Namen preisgeben würde. Schnell überlegte er sich einen, denn so dumm er auch war, er wusste, wenn er seinen wahren Namen verraten würde, könnte er sich gleich selbst in seinen Mund werfen. „Mein

Name ist Pe... äh ich meine Phillip, Zappel Phillip." Etwas Besseres fiel ihm leider nicht ein. Er kannte ja im Grunde auch nicht viele Namen. Sei`s drum, jetzt hatte er ihm schon geantwortet. Doch wieder mal war ihm das Glück hold. Die Spinne notierte den Namen auf einem Stück Klopapier, das sie mit einem ihrer Beine von der Decke herbeizog und an einem von zahlreichen, kaum wahrnehmbaren, Spinnfäden hing. „Ziemlich grotefk dein Name... Zappel Phillip. Den Namen habe ich doch schon mal irgendwo gehört. Find wir uns schon mal begegnet?" Pepo überlegte. „Ich denke nicht. Und falls doch, ich habe mein Gedächtnis verloren." Die Spinne kratzte sich am Kopf. „Daf paffiert mir auch häufiger. Zumindeft, daff ich die Namen vergeffe. Defwegen notiere ich fie mir auch auf dem Ftück Papier."

Die Spinne lachte. „Alfo ich bin Monty. Aber du kannft mich Mo nennen. Ich bin hier der Auffeher. Du bekommft die Nummer 222 (zwei zwei zwei). Am beften vergifft du deinen Namen Phillip, denn von nun an bift du nur noch eine Nummer. Merk fie dir gut, die 222!" Pepo kratze sich am Kopf. „Wer ist Phillip?" Die Spinne seufzte. „Du bift Phillip!" „Ich dachte, ich wäre die 222?", erwiderte Pepo überrascht. „Ja genau. Du bift die 222!", sagte Monty erleichtert, weil Pepo, ich meine

Phillip, nein, die 222 es auch verstanden hatte. „Und jetzt ab in den Schacht mit dir und an die Arbeit!", befahl Monty und rief zwei weitere Schmeißfliegen zu sich, die in seinem persönlichen Dienst standen. „Nummer 2, Nummer 3!" Er löste den Spinnfaden von Pepos Körper und übergab ihn in die Obhut seiner Artgenossen, die sodann mit ihm im Schacht verschwanden. „Fo und jetzt widme ich mich deiner kleinen rebellischen Freundin. Wo haft du dich versteckt?"

Lana hielt sich unter einem Stück angebräunten Klopapier versteckt, das am Boden lag und sich leicht wölbte, sodass sie darunter einen geeigneten Unterschlupf fand. Der intakte Hornissenpo klebte zum Greifen nahe am urinverseuchten Boden fest, aber sie war zu schwach ihn davon zu lösen. Die Spinne kletterte über die Wand nach unten, zielgerichtet zu dem Stück Klopapier, so als würde sie ahnen, wo sich die Schmeißfliege versteckt hielt. „Mach dir keine Mühe Schätzchen! Du kommft ja doch nicht an mir vorbei.", lispelte Monty und tapste in heiterer Stimmung immer weiter in Richtung des am bodenliegenden Klopapiers. Lanas Ergreifung stand unmittelbar bevor.

Doch plötzlich öffnete sich das große Tor und ein Troll kam hereinspaziert. Hektisch verschloss er das Tor wieder, nachdem er sich mit seinem blanken Hinterteil auf die große Rundung setzte. Und das basshaltige Konzert mit Höhen und Tiefen ließ nicht lange auf sich warten. Mit angestrengtem Blick saß der Troll da, ganz rot im Gesicht und drückte das braune Gold heraus, auf das die versklavten Schmeißfliegen so wahnsinnig scharf waren. Doch kurz bevor der mächtige Schatz durch das Loch plumpste, bemerkte der Troll die Spinne und die Scheiße zog sich wieder in den Körper zurück.

Angewidert versuchte der Troll zunächst, Monty mit seinem überdimensionalen Fuß zu zertreten. Doch außer, dass er mit jedem Tritt dumpfe Geräusche und zahlreiche Vibrationen verursachte, kam er seinem Ziel keinen Schritt näher. Monty hatte die Absichten des Trolls sehr wohl erkannt und flitzte schnell zu Lana unter das gewölbte Klopapier. Hier wägte er sich in Sicherheit. Sein Hirn war allen Ernstes der Meinung, dass, wenn er den Troll nicht sehen konnte, dieser ihn im Umkehrschluss ebenfalls nicht sehen konnte. Das war auch der Grund dafür, dass viele Spinnen niemals wegliefen, wenn der Tod bereits an ihrer

Türe klopfte. Sie wendeten dann einfach ihren Blick ab, was ihren Tod nur noch schneller herbeiführte. Spinnen irrten sich da gehörig. Und Lana wusste das, als Monty die Aufmerksamkeit des Trolls auf ihr Versteck lenkte. „Raus hier!", schrie sie und rauschte mit der Spinne im Schlepptau aus dem Versteck heraus. KRACHWUMM! Es fehlten nur Millisekunden und die beiden wären zu Innereienbrei zermatscht worden.

Lana und Monty rollten durch die Wucht des Auftritts gegen den Hornissenpo. Sofort fing sie hysterisch an, daran herumzuzerren, doch sie konnte ihn nicht von der klebrigen Masse lösen. „Waf zum Teufel machft du denn da? Erweife diefem toten Kameraden lieber die letzte Ehre.", meinte Monty, bevor es ihm bei der Betrachtung durch Lanas exzessiver Störung der Totenruhe (sie zog, zerrte, trat und spuckte auf den durchtrennten Hinterleib) die Sprache verschlug. „Hilf mir mal lieber!", bat sie ihren ärgsten Feind, die Spinne. Monty jedoch zögerte. „Ich mag vielleicht keine Feele befitzen, aber ich schände doch keine Toten. Auferdem fitzt uns der Troll im Nacken und überhaupt, wozu foll das gut fein?" Lana wurde stinksauer. „Hilf mir den Arsch hier zu befreien, sonst werden wir alle draufgehen!"

Das musste Monty sich nicht zwei Mal sagen lassen. „Wenn`f hilft!", meinte er angestrengt und zerrte nun heftiger an dem toten Hinterleib, als Lana. Mit vereinten Kräften schafften sie es, den Karren aus dem Dreck zu ziehen. Gerade noch rechtzeitig, denn der Troll hatte sich mittlerweile aufgerichtet, um alle Bereiche der Dixi-Klo-Mine mit seinen schweren Füßen zu erreichen, das hieß, er war jetzt auch in Reichweite der beiden. Schon sahen sie die dicke Sohle seines Arbeitsstiefels auf sich zurasen. Monty hüpfte davon, während Lana mit ausgefahrenem Hornissenstachel auswich und mutig einen Angriff auf ihn flog. Der Troll wedelte wie wild mit seinen Händen, um Lana zu erwischen. Doch sie war zu geschickt und setzte zum Stich an. Voila, sie traf ihn an seinem Handrücken. Der Troll schrie vor Schmerz, sperrte das Tor auf und rannte mit heruntergelassenen Hosen aus der Dixi-Klo-Mine. Alles, was sie ihn zu seinen Trollkollegen rufen hörte, war der Satz: „Eine mutierte Fliege, Schrägstrich Hornisse, hat mich gerade gestochen!" Die anderen Trolle aber lachten nur, zogen ihre Handys und filmten und schossen Fotos von ihm, wie er in von Bremsspuren übersäten weißen Unterhosen dastand.

Triumphierend lachte Monty, der mittlerweile auf der Klobrille stand. Lana schwirrte noch immer durch die Luft, mit dem ausgefahrenen Hornissenstachel zwischen ihren Armen. „Als nächstes bist du dran!", drohte sie der Spinne.

Kapitel 19

Monty winselte um Gnade. Wenn die Schmeißfliege in der Lage war, einen Troll in die Flucht zu schlagen, so konnte sie auch ihn vernichten, war er sich sicher. „Bitte, bitte, verschone mein unbedeutendef Leben!" bettelte die Spinne. „Wieso sollte ich, Sklaventreiber?", fauchte Lana und fuchtelte wild mit dem Hornissenpo vor seinem Gesicht umher. „Ich bin auch nicht freiwillig hier.", startete Monty einen Erklärungsversuch. „General Uften...", die Spinne schluchzte, ..." hat mich dazu gezwungen!" Lana ahnte bereits die Kabelfernsehwiederholung. „Sag bloß, er hält auch deine Familie irgendwo eingesperrt?", fragte sie ihn emotionslos. „Wenn ef nur daf wäre. Meine Schwiegermutter würde ich ihm liebend gerne …!" Lana unterbrach ihn. „Das Thema hatten wir bereits! Was verbirgst du, das so schlimm sein muss, dass du dich dem Bösen verschreibst?", wollte sie brennend wissen. Monty zögerte. Er klopfte nervös mit seinen ekelhaften Beinchen auf dem Plastik der Klobrille herum. „Er kennt mein dunklef Geheimnif!", flüsterte Mo. „Und das wäre?", purzelte es ungehalten aus Lana heraus (denn Frauen haben im Allgemeinen einfach keine Geduld bei der Lüftung fremder Geheimnisse. Ihre eigenen dagegen hielten sie so gut unter Verschluss, dass selbst die NSA leichter die Startcodes der Atomraketen von Nordkorea entschlüsselten, als die Handys des weiblichen Geschlechts und ihren schweinischen Selfies darauf)

„Sag es mir oder beim heiligen Kuhfladen, ich spieße dich hiermit auf!" Lana quetschte mehrmals den Leib der Hornisse zusammen, sodass der Stachel in Dauerschleife raus- und wieder reinfuhr. Unter dieser zweifelhaften Drohgebärde, die Monty als sexuelle Nötigung verstand, gestand er letztlich sein gut gehegtes Geheimnis. „Ich bin…!", „Raus damit!" „Ich bin… Vegetarier! Fo jetzt ift ef rauf." „Wie? Das wars? Du bist Vegetarier, mehr nicht?" Lana schmunzelte. „Komm lass dich drücken. Ich bin auch ein vegetarischer Allesfresser, kein Grund sich zu schämen mein Freund." Als Lana ihre Arme weit für ihn öffnete (womit sie sichtlich ihre Schwierigkeiten hatte, weil sie keine Schultergelenke besaß), meinte Monty wütend. „Halloho? Jemand Zuhause? Ich bin eine Fpinne und müffte normalerweife Infekten freffen, fie auf hinterhältigfte Weife fangen und…" Mo kippte fast um, bei dem Gedanken. „… ihr Blut auffaugen!"

Als Lana diese Worte hörte, schreckte sie angewidert zurück. „Du Monster!", schrie sie Monty an. „Ich werde dich deiner gerechten Strafe zuführen!", drohte sie und flog hoch nach oben, um ungebremst mit dem Stachel voraus vom Himmel auf ihn herabzustürzen. „Aber ich doch nicht. Ich effe Blumen. Ich bin ein ganz zarter Vegetarier! Neeiinn!", rief Monty von Todesangst erfüllt. Daraufhin bremste Lana ihren Sturz und landete neben der zittrigen Spinne.

Hinter der Spinne schauten plötzlich hunderte Fliegenköpfe aus der Kloschüssel und türmten sich, nach seinem unüberhörbaren Outing, zu einem aufgebrachten Schmeißfliegen-Mob, zweihundertzweiundzwanzig an der Zahl. Sie riefen wild durcheinander. „Ein Vegetarier hat uns zum Narren gehalten!" „Tod der Spinne!" „Reißt ihm alle Glieder aus!" Nur Pepo, der an vorderster Front stand, fragte: „Wer ist Zappel Phillip?"

Monty suchte Schutz hinter Lana. Er zitterte wie Espenlaub und weinte bitterlich. „Ich kenne einen Grashüpfer, der wirklich alles verloren hat und damit meine ich ALLES. Und der hat nicht ansatzweise so viel gewinselt, wie du.", sagte Lana und schob die Spinne langsam dem Mob entgegen. „Waf meinft du mit „allef verloren"? Feinen Job oder waf? Daf ift nämlich genau daf, waf ich gerade vorhatte. Ich kündige. Hört ihr! Ich bin kein Auffeher mehr. Ich habe daf Arbeitfverhältnif einfeitig aufgehoben und bin jetzt einer von euch!" Doch der Mob tobte weiter.

„Nein, nicht den Job.", beruhigte ihn Lana und zählte alle Körperteile auf, die Kiv im Laufe des Abenteuers verloren hatte. „Tapferer kleiner Held.", meinte Lana und salutierte Kiv zu, wo immer er auch gerade herumlag (und in der Tat, der Wind hatte ihn von seinem Versteck davon geweht, trieb ihn durch zahlreiche spitze Hecken, an denen er sich aufschürfte, Brennnessel die ihn mit Juckreiz bestraften, was ihm wohl aufgrund seiner Umstände, ohne Arme oder Beine, besonders unangenehm sein musste und zum Schluss blies der Wind ihn sogar gegen einen Bärenklau. Eine sehr, sehr giftige Pflanze, die im Sonnenlicht kleine Tropfen am Stil herunterperlen ließ, die Kivs ganzen Körper trafen und Verbrennungen zweiten Grades auslösten - und als hätte er nicht genug Höllenqualen durchleiden müssen, ist er unglücklicherweise genau die gleiche Strecke wieder zurückgerollt und musste die gleiche To(rt)ur nochmal über sich ergehen lassen, als sich der Wind plötzlich drehte und genau von der anderen Seite kam. Jetzt rollte er zumindest wieder genau auf das Plätzchen Erde zu, wo Pepo und Lana ihn abgesetzt hatten. Unter einen anderen Bärenklau, wo die nächsten giftigen Tropfen schon auf ihn warteten…).

„Aber ich bin fenfibel. Ich brauche meine Köperteile noch. Ich kann euch helfen General Uften zu ftürzen. Wenn ich jetzt fterbe, dann äh… werdet ihr nie herauffinden, wo feine äh… tödlichen Fallen, ja genau, äuferft präzife Tötungfmaschinen, aufgeftellt find!"

Die Schmeißfliegen vers(t)ummten. „Wir wollen hier lebend rauskommen." „Lasst die Spinne leben!" „Zeig uns den Weg", riefen einige aus der ersten Reihe und alle schienen, den Tod vor Augen, der gleichen Meinung zu sein.

Pepo trat ganz nah an Monty heran und fing an ihn zu verhören. „Wer ist dieser Zappel Phillip? Und keine Spielchen." Die Spinne starrte Pepo ungläubig an. Dann suchte er verzweifelt den Blick zu Lana, von der er, intellektuell gesehen, mehr erhoffte. „Der Typ ift ein Pfycho! Der will mich brechen. ER ift der Zappel Phillip." Pepo stieß Monty mit seinem Fuß um, sodass er auf seinen Rücken landete. „Nein. Ich bin 222 (zwei zwei zwei). Also hör auf mit den Mätzchen!" Da trat Lana neben 222. „Nein, du bist Pepo." Die Spinne erstarrte und blickte auf Pepos Hinterleib. Die Narbe war unverkennbar. Nun war sich Monty tausend prozentig sicher. „Du bift Pepo!"

Verwirrt setzte sich Pepo an den Rand der Scheißhausschüssel. „Wer bin ich?", fragte er sich selbst und starrte in den Topf des braunen Goldes. Der ruhig liegende Urinsee unter seinen Füßen spiegelte sein trauriges Gesicht in leicht gelblichem Farbton wider. Die Kackdämpfe in dem Schacht, in Verbindung mit der Unterversorgung seines winzigen Gehirns mit Sauerstoff, mussten ihm das letzte bisschen Verstand ausgehaucht haben. „Er leidet an Kackdemenz.", diagnostizierte Lana. „Nichts wie raus hier!"

Alle 223 Fliegen stürmten gegen das Tor, Pepo und Lana inbegriffen (das ist so ein Herdentrieb-Ding; wenn alle das Gleiche machen, macht man einfach mit). Das Summen in der Dixi-Klo-Mine war so laut, dass es die Aufmerksamkeit einiger Trolle auf sich zog. Einer von ihnen öffnete vorsichtig das große Tor und ein brauner Teppich aus hart schuftenden Schmeißfliegen flog heraus. Sie streiften sein Gesicht mit ihren aberhunderten, in Scheiße getunkten, kleinen Füßchen. Verzweifelt drehte sich der Troll weg und lief schreiend davon. Pepo und Lana geleiteten Monty hingegen am

Fußboden aus der Dixi-Klo-Mine heraus. Es dauerte nicht lange, da hatten sich alle Schmeißfliegen im Winde verweht. „Hey, und was ist mit der Befreiung unserer Schwestern und Brüder aus den anderen Dixi-Klo-Minen?", rief ihnen Lana hinterher. Aber das interessierte keinen der Befreiten. Kein einziger drehte sich um. Nicht mal ein Dankeschön war ihnen der Befreiungsschlag wert. Und so standen die beiden Schmeißfliegen mit der Spinne alleine da.

Doch ehe sie sich der nächsten Dixi-Klo-Mine widmen konnten, um die übrigen Sklaven zu befreien, hörten sie bereits das grässliche Surren der aberhundert anrückenden Stechmücken. Allen voran flog General Uften, mit äußerst schlechter Laune.

Kapitel 20

Die Mückenarmada verdunkelte den Himmel. Bei dieser Größenordnung nahmen sogar die Trolle fluchtartig Reißaus. Die Baustelle glich einer Geisterstadt. Überall lagen Baumaterialien wie Rohre, Ziegelsteine oder Rigibsplatten, wild durcheinander, das Führerhaus des Baggers war nicht mehr besetzt, Hämmer und Nägel lagen verstreut im Sand. Tief verzweigte Fußabdrücke in der Erde verrieten das Chaos der Trolle beim Verlassen des Grundstücks.

Unheimliche Stille breitete sich aus, als General Uftens Streitkräfte abrupt stehen blieben und zur Erde sanken. Ihr Anführer stand auf einem kleinen Erdhügel, hinter ihm seine Armee als Kulisse. Eine leichte Brise Wind wirbelte einen ausgedorrten Busch durch den Korridor, der sich zwischen den dreien und der Fangschrecke mit seinem Gefolge auftat. „I hob eich wohrlich undaschätzt. Ach was soll dieser abartige Akzent? Wem will ich hier eigentlich was vormachen? Ich bin Amerikaner verflucht nochmal!", gestand der General und führte seine widerliche Ansprache fort. „Hier und heute endet euer Spiel! Game Over!", sagte die Fangschrecke mit einem hinterhältigen

Lächeln im Gesicht. Doch der Erdhügel stand zu weit weg. Pepo, Lana und Monty erkannten zwar, dass er ihnen irgendetwas mitteilen wollte, verstanden aber kein einziges Wort.

„Was?", rief Pepo. Und auch Lana äußerte ihre Verwirrtheit mit einem lauten „Wie?". Doch was für sie galt, galt ebenfalls für General Uften. Er verstand kein Wort. Monty sah in der nun nonverbalen Kommunikationsaufnahme (Pepo und Lana drehten sich im Kreis, zappelten und fuchtelten mit ihren Gliedern rum, als müssten sie einen Kampfjet auf einem Flugzeugträger einweisen) die Gelegenheit, um sich klangheimlich davonzustehlen. „Wage es ja nicht!", sah Lana die Spinne mit scharfer Mine an, die seinen Fluchtversuch dank ihres ausgeprägten peripheren Blicks sofort richtig einschätzte. Monty blieb wie angewurzelt stehen. Er spürte den Hornissenstachel gegen seinen dicken Hinterleib drücken. „Ähm..., ich habe mich nur nach Fluchtmöglichkeiten umgefehen.", sprach er erschrocken und hatte damit noch nicht einmal gelogen.

Währenddessen betrachtete General Uften die aus seiner Sicht komisch herumzuckenden Schmeißfliegen. „Vielleicht sind sie krank und wir sollten besser die Finger von ihnen lassen?" Er überlegte kurz. „Aber nicht doch. Wo bliebe denn da der Spaß!" General Uften erhob seine rechte, widerliche Klaue in die Luft und schon starteten mehrere hundert Mücken ihre Motoren. Als er seine Klaue wieder absenkte, stürmten sie in die Luft. „Tötet sie! Tötet sie alle!", rief die Fangschrecke, als seine Untertanen knapp über seinem Kopf hinwegflogen und die erste Welle ihre langen Beine an seinem Kopf stießen.

„Was hast du ihnen nur erzählt?", schrie Lana Pepo an, als hätte er mit seinen Tanzeinlagen irgendetwas Beleidigendes überliefert. „Jetzt kommen fie unf holen.", bibberte Monty. Nur Pepo tanzte unbeirrt weiter, bis Lana ihn umrempelte. „He, was soll das?", knurrte er. Lana zeigte auf den fliegenden Teppich voller angreifender Mücken, gerade auf sie zufliegend. „Los, zurück in die Mine!", rief Lana.

Das Tor stand noch einen Spalt weit offen und die drei liefen schnell hindurch. Als sie am Rande der Kloschüssel angelangt waren, surrten bereits die ersten Mücken in die Dixi-Klo-Mine. „Los, nichts wie rein in den Schacht.", befahl Lana. Pepo sprang ohne zu zögern und mit überschwänglicher Freude den dampfenden, in Urin aufgeweichten, Kackbergen entgegen. Und auch

Lana machte sich sprungbereit. Nur die Spinne dachte gar nicht daran, es ihnen gleich zu tun. „Ich werde dort keinen Fuf hineinwagen. Lieber klappe ich meine Beine ein, um in den genormten Ftandardfärgen für Fpinnen meine letzte Ruhe zu finden!", sagte er zu sich und hielt sich seinen Geruchssinn zu. „Hör mir zu! Wir brauchen dich. Du hast uns was versprochen. Und das musst du auch halten.", erwiderte Lana unbeeindruckt. „Ach du meine Güte. Ich follte wohl mit der Wahrheit heraufrücken. Ef gibt überhaupt keine Faaallleeennn!" Aber da war es bereits zu spät. Lana schmiss Monty in die Grube und sprang gleich hinterher.

Hunderte von Mücken standen um die gesamte Klobrille herum. Keiner traute sich den waghalsigen Sprung in den Schacht. Kack- und Urindämpfe wehten, ihren über die Ränder guckenden Köpfe, entgegen. Vielen wurde so schwindelig, dass sie kopfüber hineinfielen, mit ihren Stechrüsseln in die gebirgige Kacklandschaft eintunkten und qualvoll darin erstickten. Andere übergaben sich. Eine von ihnen brachte es hingegen auf den Punkt. „Wir sollen Artgenossen dieser SCHEIßfliegen(!) sein? Und wenn mich General Uften aufspießt, ich werde nicht in den Fäkalien der

Trolle oder anderen Kreaturen untergehen!" „Wer hat das gesagt?", fragte General Uften kalt. Er stand inmitten seiner Soldaten auf der Klobrille, die Platz für ihn machten und einen schmalen Gang bildeten, an dessen Ende eine ängstliche Mücke stand. Erhaben durchschritt General Uften die Reihen seiner Soldaten, die sich nicht trauten ihm in die Augen zu blicken. Mit schlottrigen Knien stand die Mücke am Rand der Grube. Doch bevor sie irgendetwas sagen konnte, packte sie die Fangschrecke am Hals und schnitt ihr ohne mit der Wimper zu zucken den Kopf vom Körper. Zweigeteilt fiel sie in die dunklen Gefilde des Schachtes.

„Ähm Herr.", wagte es eine Mücke aus den Reihen kleinlaut von sich zu geben. „Wer stört mich bei der Arbeit?", hallte es durch die Minenschächte, während General Uften sich mit bösem Blick zu demjenigen wendete, der den Mut aufbrachte ihn anzusprechen. Die Mücke schluckte. „Ich wollte sie nur darauf aufmerksam machen, dass sie gerade eben nicht die Soldatenmücke geköpft haben, die diesen widerwertigen Aufschrei von sich gab. Ähm, das war nur der Hausmeister, der sich dort zufällig aufgehalten hat!" „WAS?", schrie General Uften empört. „Welche war es dann?", fragte er wutentbrannt und schärfte seine Klauen aneinander. Die Mücke schluckte abermals. „Es ist wohl diejenige, die sich gerade heimlich aus dem Staub machen will!" Sie deutete auf den Rand der Grube, wo die beschuldigte Stechmücke gerade dabei war, in den Gülle-Teich hinabzuspringen. „Ich weiß zwar, dass ich hier nicht hineinspringen wollte. Ach, was kümmert mich mein Geschwätz von gestern.", sprach sie und plumpste hinab.

„Ergreift sie!", befahl die Fangschrecke, doch keine der Mücken traute sich ihr nachzujagen. „Ähm, Herr!", machte sich wieder dieselbe Mücke bemerkbar. General Uften fuhr sich genervt übers Gesicht. „Was ist denn nun schon wieder los?" Die Mücke flüsterte ihn an. „Wir mögen vielleicht verwandt mit den Schmeißfliegen sein, verflucht sei, wer auch immer das herausgefunden hat, aber wir sind nun mal Stechmücken." General Uften hörte aufmerksam zu. „Was hat das wohl zur Folge, frage ich mich!" Die Mücke flüsterte weiter. „Nun, wir sind nicht so, äh, kacke-resistent wie unsere Artgenossen. Um genau zu sein, sterben wir bei so viel Scheiße wie sie da unten vorherrscht. Gerade auch der Urin macht uns schwer zu schaffen. Durch ihn werden wir butterweich und ertrinken im schlimmsten Fall. Und diese feuchten, stinkenden

Dämpfe beeinträchtigen unsere Flugtauglichkeit erheblich. Sie erweichen unsere Flügel."

Die Fangschrecke war von der Erklärung seines Soldaten sehr überrascht. „Und was schlägt mein ach so begabter Lakai jetzt vor?", wollte er von ihm wissen. „Es wäre besser hier zu warten, denn dies ist schließlich der einzige Ein- und Ausgang." General Uften applaudierte ihm. „Beziht Stellung um das Loch!", befahl er den anderen. „Ihr präsentiert mir jeden Kopf, der hier raus will. Verstanden?!" Die Mücken stießen ihre Beinchen zusammen und der dumpfe Ton, der dabei durch die Dixi-Klo-Mine hallte, signalisierte, dass sie den Befehl unmissverständlich ausführen würden.

Kapitel 21

„Wir sind reich!", freute sich Pepo, als er die ganze, vor sich hinbrodelnde, Scheiße mit funkelnden Facettenaugen betrachtete. Mit dem Ziel, jeden Winkel der dutzenden Häufchen zu berühren, flitzte er durch die Kacke. So als rannte er mit offenen Armen durch eine Kammer, die prall gefüllt war mit Bergen voller Diamanten, Goldmünzen, antiker Vasen und anderen wertvollen Schätzen. In der Tat, für ihn fühlte es sich genau(!) so(!) an(!). Nur, dass sein Schatz aus dem Hart- und Dünnpfiff einiger Trolle bestand und die Farbe und Konsistenz der Fäkalien stark variierte. Erleichtert legte er sich auf einen der zahlreichen Kackwürste nieder. Er wägte sich am Ziel seiner Reise. „Egal wie viel Zeit ich verloren habe. Dieser Reichtum entschädigt mich für all die erlittene Pein.", grinste er und gönnte sich eine Handvoll Sch…. (sorry, ich kann`s nicht schreiben).

Lana hingegen war weniger euphorisch und Monty wiederholte immer wieder diesen einen Satz, „Blüten duften herrlich. Blüten duften herrlich!", während er sich mit seinen Vorderbeinen ständig gegen den Kopf hämmerte. Der beißende Geruch schien seinen Verstand anzugreifen.

Zügig bewegte sich Lana zu Pepo. „Du hast wohl überhaupt nichts verstanden. Dort oben lauern die Truppen von General Uften. Er selbst steht da wahrscheinlich höchstpersönlich und wartet darauf, bis wir wieder rauskommen, um uns die Köpfe abzuschlagen (womit sie nicht ganz unrecht hatte)!" Pepo ließ sich jedoch seiner guten Stimmung nicht berauben. „Mir doch egal. Dann fliegen wir hier eben nicht mehr raus. Schließlich bin ich reich, was kümmert mich General Uften? Solange er draußen bleibt, ist alles gut." Pepo gönnte sich nochmals eine riesen Portion Scheiße („da muss ich durch", Anmerkung des Autors).

Lana betrachtete den irren Blick in Pepos Gesicht. Der Größenwahn breitete sich darauf aus. Mit den Armen voller Scheiße, die er vor sich hin- und herwog, wie Mütter ihre Babys in den Schlaf, flüsterte er immer wieder „Mein Schatz!". In dieser Situation, wusste Lana, konnte sie nicht viel ausrichten. Sie hoffte nur, dass Pepo es irgendwann einsah, dass sie hier nur im braunen Käfig gefangen waren und ihm der ganze Reichtum nichts nutzte, wenn er a) hier nie wieder heraus kam oder b) von General Uften getötet wurde. Vielleicht brauchte er nur etwas Zeit, um das selbst herauszufinden. Da es so schien, als hätten die Angreifer von einer

Verfolgung in den Schacht abgesehen, gab sie ihm die Zeit.

Stattdessen widmete sie sich der Spinne Monty. „Es gab also gar keine tödlichen Fallen?", fragte sie ihn – jedoch ohne streng oder vorwurfsvoll zu wirken. „Nein. Diefer General Uften ift eine einzige Falle. Ich wollte nur mein Leben retten." Lana spendete ihm Trost. „An deiner Stelle hätte ich, glaub ich, genauso gehandelt. Du bist aber ein Vegetarier, so wie du es behauptet hast oder?" Bei dieser Frage wich Lana einige Schritte zurück. Sie hatte Angst, eine böse Überraschung zu erleben, denn Monty kam ihr immer näher. Seine Fressklauen bewegten sich so schnell, als stünde er kurz davor, eine Mahlzeit einzunehmen. In Lana machte sich Panik breit. „Du kannft mich Mo nennen Lana!", meinte er schließlich, wobei ihr auffiel, dass ein winziges, kaum erkennbares Spinatblatt zwischen seinen Fressklauen hing und da wahrscheinlich schon lange klebte und für sein Lispeln verantwortlich war. „Ich bin Vegetarier."

Im selben Moment schlug ihm Lana dermaßen heftig ins Gesicht, dass sich das Spinatblatt zwischen seinen Kieferklauen löste und auf den Kackboden fiel. Irritiert sah Monty die Schmeißfliegen-Lady an und zwinkerte mit seinen zahlreichen Äuglein, als ob dieser Hieb irgendwie dazugehörte, um im Stamme der Schmeißfliegen-Vegetarier aufgenommen zu werden. Fast ritterlich geadelt fühlte er sich, als er fortfuhr. „Und glaube mir, in einer Welt voller Fleischfresser, einer Gesellschaft, in der es heißt, fressen oder gefressen werden, ist man da nicht gerade gut angesehen. Zumal ich ja als Spinne das Paradebeispiel einer alles vernichtenden Fressmaschine bin. Aber dieses Klischee kann und möchte ich einfach nicht ausfüllen. Als ich eines Tages vor Hunger fast umkam, aß ich die Blumen in General Uftens Garten – und er hat mich prompt erwischt. Er meinte, wenn ich nicht in seinen Dixi-Klo-Minen als Aufseher arbeiten würde, würde er mir alle Beine einzeln rausreißen und mich bei lebendigem Leib, langsam, Biss für Biss, verspeisen. Als Softy in einer harten Gesellschaft hätte ich nämlich, außer in seinen Diensten zu stehen, keine Daseinsberechtigung. Als er mich an den Posten setzte, sagte er, er könne fortan beruhigt schlafen, weil er keine Angst hätte, dass ich ihm seine Fliegen wegfressen würde. Und die Fliegen wegen meiner monströsen Erscheinung keinen Aufstand anzettelten. Und darum bin ich jetzt hier. – Oh mein Gott, ich kann richtig sprechen. Der spitze Stein ist stumpf! Der spitze Stein ist stumpf!"

„Sachte, sachte Cowboy, ich wollte nicht gleich deine Lebensgeschichte erfahren.", sagte Lana gelangweilt. „Aber Momentchen. Heißt das, dass in den anderen Minen keine Spinnen als Aufseher arbeiten." „Nein, da sind es die Mücken. Die geben keinen Pfifferling auf Fliegen. Mmh, Pfifferling." „Gut, das erleichtert so einiges, weil du musst wissen, ich ekel mich tierisch vor Spinnen."

Langsam tastete sich die Mücke, die mehr oder weniger freiwillig in den braunen Topf gesprungen war und den Urinsee hinter sich gelassen hatte, durch die moorastähnliche Scheiße. „Psst. Ist da wer?", rief sie flüsternd in die Weiten der Grube. Monty vernahm die Rufe der Mücke als Erstes. „Die Mücken sind hier.", alarmierte er die beiden. „Kannst du nicht doch ein Netz spinnen und wenigsten so tun, als wärst du eine gefährliche Spinne?", schlug Lana vor. „Netz ja, gefährliche Spinne nein. Die kennen mich doch alle!", erwiderte Monty in misslichem Ton. „Dann spinn dich aus!", forderte Lana.

Monty bastelte in Windeseile im Halbdunkel ein riesiges Netz. Unvollkommen und traurig sah es aus. Riesige Löcher klafften darin. Es sah alles andere als wie ein tödliches, perfides Konstrukt aus, das durch die Evolution hervorgebracht wurde und seine Vorahnen durch Jahrmillionen sicher mit Fressalien versorgt hatte. „Sicher, dass du so etwas schon mal gemacht hast?" fragte Lana neugierig, aber bei dem Anblick des Netzes (von Netz konnte wahrlich keine Rede sein), hätte sie sich die Frage eigentlich sparen können. „Naja, auf der Jagd nach Blumen und Bäumen muss das wohl nicht so engmaschig sein.", resümierte Lana über die getane Arbeit. Monty, der offensichtlich zum ersten Mal ein Netz gesponnen hatte, überhörte die Klagen von Lana und klopfte sich beim Anblick seines Werkes selbst auf die Schulter. „Viele werden sich darin verheddern und qualvoll verenden.", verkündete Monty stolz.

Doch in dem Moment, als sich Lana und Monty hinter dem Netz positionieren wollten, schrie, wie konnte es anders sein, Pepo um Hilfe. Er stand bewegungsunfähig da, mit der Stirn an einem Faden des Netzes gefangen. Sofort rumpelten die beiden heran und versuchten ihn davon zu befreien. Es gestaltete sich jedoch sehr schwierig. Lana und Monty zogen wie wild an ihm herum, sodass sein Gesicht bald nicht mehr wieder zu erkennen war. Pepo stöhnte und kreischte vor Schmerzen oder lachte lauthals, weil sie eine empfindliche Stelle seines Körpers trafen. „Halt doch still!", schrie Lana ihn an. „Was meinst du, warum ich Hilfe brauche? – Ich will mich wieder bewegen können.", keifte Pepo zurück.

In den ganzen Wirren, Rufen und Verzweiflungstaten (Monty wollte Pepo tatsächlich die Flügel wegbeißen, was Lana verhinderte, weil er eigentlich nur mit seinem Kopf festklebte), hörten sie plötzlich eine schwache Stimme. „Dort oben ist eine ganze Armee, die darauf wartet euch zu vernichten. Wie habt ihr es bloß so weit gebracht?", fragte sie ungläubig und stellte fest: „Ihr seid doch nur ein Haufen Vollidioten".

Erschrocken drehten sich Lana und Monty um (Pepo hingegen blickte dank des Spinnenfadens starr in die andere Richtung). Hinter ihnen stand plötzlich eine abgekämpfte Mücke. Bevor sie kraftlos in die Kacke fiel, hauchte sie noch: „Ich kenne einen Geheimausgang."

Kapitel 22

Die völlig zerklüftete Mücke tauchte mit ihrem Stechrüssel tief in den aus Kacke bestehenden Boden ein und drohte zu ersticken. Schnell raste Lana herbei, um sie vor dem Tod zu bewahren. Sie zog die Mücke vorsichtig heraus und legte sie auf den Rücken. Triefnass lag sie vor ihr und war so aufgeweicht, dass jede Berührung ihren Exodus aus diesem Leben bedeuten konnte.

„Wo ist der Ausgang von dem du gesprochen hast?", wollte Lana unbedingt noch wissen, bevor sie in ihren Armen starb (denn die Mücke sah wirklich übel aus). „Blut, ich brauche Blut!", stöhnte die Mücke mit letzter Kraft. Bevor die Mücke in Ohnmacht fiel und sie das Geheimnis mit ins Grab nahm, verschärfte sich der Blick von Lana auf den bewegungsunfähigen Pepo, der noch immer mit dem Rücken zu ihnen am Spinnfaden hing. Irgendetwas ging in ihr vor, etwas, dass auch in ihr Unbehagen auslöste, aber gleichzeitig eine Lösung des Problems signalisierte. Monty, der neben Lana stand, befürchtete eine schreckliche Idee in Lana aufkeimen. „Du wirst doch nicht…", meinte die Spinne. „Was wird sie nicht?", rief Pepo beunruhigt, so als ob er bereits etwas Schreckliches ahnte. „Na gut. Aber nur zwei, drei Schlückchen. Öfter darfst du nicht an ihm zuzeln." Pepo versuchte sich nun noch energischer von dem Spinnfaden zu befreien, aber ohne Erfolg. Er machte die Sache durch sein Gezappel sogar nur noch schlimmer, verhedderte sich immer weiter und stand zum Schluss kerzengerade da. Er hatte keine Ahnung, was sich hinter seinem Rücken zutrug, aber er wusste, dass er nicht gut dabei wegkam.

„Was hast du vor Lana?", meinte Monty. „Unsere Leben retten.", erwiderte sie und stellte sich auf ihre Hinterbeine, um die Mücke unter ihre Achsel zu klemmen. Wie eine mittelalterliche Lanze trug Lana die Mücke unter ihrem Arm, bereit jemanden aufzuspießen. „Entschuldige bitte, aber du bist der einzige der sich nicht wehren kann. Du kannst dich später bei mir für die Errettung unserer Ärsche bedanken.", flüsterte Lana zu Pepo. „Veto! Ich will uns nicht retten!", rief Pepo voller Verzweiflung. Aber alles Winseln und Schreien half nichts. Selbst die Spinne musste sich ihre Augen zuhalten, als Lana den ausgefahrenen Stechrüssel der Mücke vorsichtig in Pepos Rücken stieß. Der Stich ließ ihn vor Schmerzen kurz aufstöhnen. Und schon hörten sie das gierige Schlürfen, das Pepo den lebenswichtigen Saft raubte und den anderen beim Anblick den Magen umdrehte.

Das rote Blut schimmerte durch den Stechrüssel bis in den transparenten Magen. Unaufhaltsam floss es durch die Kehle der Mücke. Wie besessen zog sie an der wehrlosen Schmeißfliege, die ihm hilflos ausgeliefert war und wollte gar nicht mehr damit aufhören. „Hey sachte!", stieß Lana die Mücke an, als diese in eine Art Blutrausch zu verfallen schien. Nach einem weiteren, kräftigen Zug, zog Lana die Mücke von Pepo weg. Sichtlich zu Kräften gekommen (sie stand wieder auf eigenen Beinen), bedankte sie sich bei ihr. Nur Pepo hing leicht bedus elt am Faden (er fühlte sich wie nach vier Blutspenden hintereinander).

„Der wird schon wieder!", versicherte die Mücke, die unersättlich mit ihrer Zunge um ihren Mund fuhr, um ja keinen noch so winzigen Blutstropfen zu vergeuden. Lana und Monty rannten schnell zu Pepo, um nach ihm zu sehen. „Wie geht's dir?", wollte Lana von ihm wissen und war bei seinem Anblick (ermattet ließ er seine Glieder hängen) doch etwas reumütig zumute. „Ich habe Rücken, unendlich Rücken!", lallte er leicht berauscht.

„Da du in gewisser Weise mein Leben gerettet hast, will ich mal nicht so sein.", entfuhr es der Mücke leicht überheblich, trat zu Pepo und schnitt ihn mit seinem Stechrüssel aus der Umklammerung des Spinnfadens. Fast wäre Pepo, so kraftlos wie er war, mit voller Wucht in die Scheiße geknallt, aber Monty und Lana waren schon zur Stelle und stützten ihn. Sehr wackelig stand er auf seinen vier Hufen.

„Und wo ist nun dieser Geheimausgang?", fragte Lana die Mücke ungeduldig. „So ganz genau weiß ich es nicht.", gab sie zu. „Aber ich weiß, dass er existiert!" Lana schäumte vor Wut. „Wie, du weißt es nicht! Und warum sollte er dann deiner Meinung nach existieren?" Die Mücke hustete heftig. Lange würde sie diesen Gestank nicht überleben. „Ich weiß es, weil ich die Trolle beobachtet habe. Jede Woche befestigen sie einen Schlauch an der Rückwand der Minen und saugen sie leer." Als Pepo das hörte, erschrak er und rief ein lautes, verzweifeltes „Nein, nicht leersaugen! Mein Schatz!". Dann ließ er kraftlos seinen Kopf hängen. Die Mücke sah Lana verwirrt an, die gerade dabei war, Pepos Puls zu checken. Sie gab Entwarnung. „Alles im grünen Bereich." Die Mücke fuhr kopfschüttelnd fort. „Also muss es da eine Öffnung geben, die uns die Freiheit schenkt."

Allmählich beruhigte sich Lanas Gemütszustand etwas. Und auch Monty war wieder erfüllt mit neuer Hoffnung, was man sehr gut daran erkennen konnte, dass er vor Freude den Boden abküsste (den er in Wahrheit verabscheute, weil er aus Exkrementen bestand und höllisch in den Augen brannte) und mehrmals den Satz „Wir kommen hier lebend raus.", wiederholte. Doch dazu mussten sie sich beeilen, denn der schweren Atmung und den unkontrollierten Hustenanfällen nach zu beurteilen, schien die Mücke langsam aber sicher am Dunst des braunes Goldes zu ersticken.

Die Mücke führte die Gruppe an. Zusammen durchschritten sie komplexe Weg-Strukturen, die von der Heftigkeit des Aufpralls der abgeladenen Kacke herrührte. Je heftiger die Scheiße hinabfiel, desto höher bauschte sie die übrige Kacke auf. Und so bildeten sich mit der Zeit (und der Kontinentalverschiebung) hohe Mauern und Wege, Verzweigungen und Sackgassen, ähnlich wie in Labyrinthen. Aber dieser Umstand war nur halb so gefährlich, wie er sich anhörte. Schließlich bestand die Gruppe aus zwei Scheiße-vernichtenden-Allesfressern (Pepo und Lana) und keine noch so dicke Wand, die sich vor ihnen auftat, hielt ihnen stand. „Immer weiter in diese Richtung durchbeißen.", spornte die Mücke sie an und zeigte hustend in Richtung Rückwand.

Bei dem „Löcher-in-die-Wand-Fressen", erholte sich Pepo nach und nach, sodass er bei der vierten bereits wieder zu vollen Kräften gekommen war und nicht mehr gestützt werden musste. „Ich werde euch nur bis zum Ausgang begleiten und danach hier bleiben.", verkündete er. „Du kommst schön mit uns mit.", erwiderte Lana. „Ich versteh dich nicht Lana. So viel Scheiße. Das reicht für hundert Leben und du willst einfach abhauen."

Lana wollte gerade zum Gegenschlag ausholen (und das nicht argumentativ!), als die Gruppe durch ein lautes Geräusch hellhörig wurde, das durch das Labyrinth hallte und nicht allzu weit weg schien. „Was war das?", erschrak Monty. „Hörte sich wie ein lautes Grunzen an oder sowas Ähnliches.", meinte Pepo. „Auf jeden Fall klang es ungesund für uns.", fasste Lana zusammen und die Mücke pflichtete ihr bei. „Vielleicht ist das die Antwort auf deine Frage Pepo. Die Antwort, warum wir hier besser verschwinden sollten.", stichelte ihn Lana an, bevor sich die Gruppe weiter vorsichtig ihren Weg durch die unzähligen Gänge schlug. Und es ließ nicht lange auf sich warten, da dröhnte ein weiteres, unheimliches Geräusch durch die Gänge. Wie erstarrt blieben die vier stehen. Keiner traute sich auch nur einen Mucks von sich zu geben. Denn das Geräusch lag deutlich erkennbar vor ihnen, hinter einer Mauer aus Scheiße. Nur zwei Fühler, die die Mauer überragten, waren zu sehen. Nun konnten sie auch das Geräusch eindeutig identifizieren. Es waren widerliche Rülps-Laute. Und diese Kreatur, von der sie sich noch nicht mal ansatzweise eine Vorstellung machen konnten, wie es aussah oder was es war, stand zwischen ihnen, der unmittelbar erkennbaren Rückwand und der Freiheit.

Kapitel 23

Lana aß einen kleinen Spalt durch die Kack-Wand, um zu sehen, wer sich dahinter verbarg. Neugierig lugte sie hindurch, doch alles was sie zu sehen bekam, war ein dicker, von Kacke übersäter Wanst, der bei jeder noch so geringen Bewegung hin- und herschwabbelte und fast schon hypnotisch auf sie wirkte. Entweder war der Spalt zu klein um überhaupt die gesamten Ausmaße dieses Dings zu erkennen oder aber das Ungetüm war einfach zu groß. Letzteres schien offensichtlich zu sein.

„Was ist das bloß?", fragte sie erstaunt und konnte ihren Blick nicht davon abwenden, so fasziniert war sie. Pepos Neugierde war geweckt und er wollte nun auch mal ran. Er schob Lana grob beiseite. „Eine lebendige, braune, sich hin- und herwiegende Kackkugel?", gab er stammelnd von sich. Auch er sah dem Schwabbelbauch gebannt zu und konnte seinen Blick nicht lösen. „Lasst mich mal sehen.", forderte Monty. Er versuchte Pepo von dem Spalt zu drücken, aber die Schmeißfliege gab ordentlich Gegenwehr. Dabei stießen sie gegen die Wand, das einen kleinen, aber feinen Riss zur Folge hatte. Doch die beiden hörten mit ihrer Rangelei nicht auf und stießen erneut gegen die Wand, bis der

Riss schließlich größer wurde und sich über die gesamte Fläche ausbreitete. Bei dem Gerangel, in dem auch noch Lana verwickelt wurde, stürzte auf einmal die Wand vor ihren Augen ein und die vier standen direkt vor der Bestie. Alle schienen von ihrem Anblick gleichzeitig angewidert, wie auch fasziniert zu sein. „Was um Himmels Willen ist das?", hustete die Mücke mit aufgerissenen Augen.

Das Ungetüm atmete tief ein und keuchte ganz schrill. „Hey, wer seid ihr denn?", fragte es mit einer netten, aber nervigen Stimme und atmete abermals tief ein, nachdem es den Satz beendet hatte. Alle standen mit weit geöffneten Mündern vor dem undefinierbaren, zweifellos, lebendig wirkenden, Stück Biomasse. „Die Frage lautet eher, WAS bist du?", erwiderte Pepo und fügte ungläubig hinzu: „Oder habt ihr so etwas Widerliches schon mal gesehen?"

Doch niemand schien eine Antwort auf seine Frage zu haben und es sah auch nicht so aus, als wäre auch nur einer der Gruppe ernsthaft daran interessiert, nach einer zu suchen. Stattdessen meinte Lana: „Worauf warten wir denn noch? Dieses Monster steht zwischen uns und der Freiheit." Mit einem unüberhörbaren Angriffsgebrüll lief sie plötzlich auf das überdimensionale Vieh zu und hämmerte mit ihren winzigen Füßchen, so schnell wie Maschinengewehrsalven, auf seinen Magen ein. „Damit hätte ich jetzt nicht gerechnet.", gab die Spinne kleinlaut von sich.

Zunächst sahen Pepo, Monty und die Mücke ihr mit überraschten Gesichtsausdrücken nach, taten es ihr aber dann gleich und stürmten dem Ungetüm entgegen. Mit vereinten Kräften bearbeiteten sie nun die gesamte Magengegend dieses Etwas! Pepo und Lana boxten zuerst immer und immer wieder auf den riesigen Körper des Biests ein, bis ihnen ihre Ärmchen, Beinchen und Füßchen wehtaten. Dann gingen sie über, um im Kampfesrausch wie wild auf dessen Bauch herumzuspringen. „Nimm dies!", riefen sie und „Nimm das!", bis sie völlig atemlos zusammenklappten und sich nicht mehr rührten.

Monty hingegen versuchte es verzweifelt mit seinen kräftigen Kieferklauen zu beißen, aber er konnte sich nicht überwinden, die von Scheiße überkrustete Oberfläche zu durchdringen, egal wie oft er es auch versuchte. Angewidert blickte er zu den Schmeißfliegen hinüber, die sich völlig verausgabt hatten und kam zu dem Entschluss, dass er auch so tun sollte, völlig abgekämpft zu wirken. „Puh, mein lieber Scholli. Der kann aber einstecken.", hauchte er ohne jegliches schauspielerisches Talent.

Auch die Mücke hatte so ihre Schwierigkeiten mit dem Dung. Gerne hätte sie ihren Stechrüssel als Degen benutzt, hätte das Monster aufgespießt und wäre als gefeierter Held der Gruppe hervorgegangen. Aber nochmal seinen Degen bewusst in die Scheiße zu tunken, die dieses Etwas umgab, schien ihr nicht richtig (in Bezug auf die Hygienevorschriften und der eigenen Gesundheit). Und so trat er nur belanglos, zwei, drei Mal, gegen den Fuß des Monsters, der alleine schon drei Mal so groß war wie die ganze Mücke. Schnell kamen Pepo, Lana, Monty und die Mücke zu der Erkenntnis, dass der Angriff keinerlei Auswirkungen auf das Geschöpf hatte.

Das Ungetüm bewegte sich nur minimal, aber das tat es auch schon davor. Völlig unbeeindruckt von den Gewaltexzessen der vier, deutete es einen weiteren Satz an, indem es tief einatmete (es schien ein großes Atemproblem zu haben). „Danke für die Massage. Aber um etwas zu spüren, müsstet ihr schon größer sein, viel größer, verdammt viel größer. Doch wie komme ich überhaupt zu dieser Ehre?"

Lana freute sich über das Missverständnis, das sie zu ihren Gunsten ausnutzen konnte. Doch schon kam ihr die Dummheit von Pepo in die Quere. „Das war keine Massage, du Vollpfosten. Das war ein ANGGG...!" Lana hielt Pepo den Mund zu und meinte verlegen. „Das sollte eine ANG-enehme Überraschung sein. Wir wollten Sie nur etwas verwöhnen, damit Sie uns wohlgesonnen sind und Platz für den Ausgang schaffen, den sie hinter sich versperren."

„Das ist aber sehr lieb von euch. Seitdem ich hierher geraten bin, fragt mich nicht wie, habe ich mich kaum noch bewegt. Wie ihr seht, werde ich hier immer mit frischer Scheiße versorgt, wozu sollte ich da noch etwas tun." Vor und nach jedem Satz atmete die lebende Biomasse schwer ein und aus. „Ist das auch der Grund, warum Sie so fett...", Lana stieß Pepo in die Seite und beendete seinen Satz. „So phänomenal gewachsen sind?"

„In der Tat ist der Überfluss daran schuld, dass ich so dick gewachsen bin. Einst war ich in etwa nur zwei Mal so groß, wie ihr da unten. Aber durch den Bewegungsmangel, die immer riesigeren Portionen, die ich täglich verdrücke, es gibt ja sonst nichts zu tun hier unten, bin ich auf das Fünffache meines eigentlichen Körpergewichts angewachsen."

Lana wandte sich zu Pepo und flüsterte: „So sieht deine Zukunft aus mein Lieber, wenn du hier bleiben willst. Die Langeweile und der Überfluss werden dich so fett machen, dass du platzen oder ersticken wirst." Pepo schüttelte angewidert seinen Kopf. Wenn das der „Gewinn" aus dem Reichtum war, so wollte er lieber von hier verschwinden. Dennoch fragte sich Pepo zum ersten Mal in seinem Leben, was stattdessen der Sinn des Lebens wäre, wenn nicht vor lauter Scheiße in eben dieser zu schwimmen. In dieser Sekunde wurde Pepo sich seiner Sterblichkeit bewusst. Die biologische Uhr tickte auch für ihn unaufhaltsam. Und nach Wikipedia hatte er nur noch sechs Tage zu leben, wenn alles glatt ging.

Über 30 Tage, dreiviertel seines gesamten Lebens, waren aus seinem Erinnerungsvermögen gelöscht. Eigentlich war er so gesehen, länger tot als lebendig. Er hatte nie mehr gelebt, als in diesem Moment. Er fing an, in seinem Kopf eine Liste von Dingen aufzuschreiben, die er unbedingt noch in den sechs Tagen erleben wollte. Ganz oben stand, sich mit Lana zu paaren, sie durchzukneten, als gäbe es keinen Morgen mehr (was in seinem Fall ziemlich wahrscheinlich war). Eigentlich stand dieser Gedanke nicht nur auf Platz eins seiner Liste, sondern füllte unerwartet und plötzlich alle Positionen der Top-Ten aus. So, wie sie knietief in der von urinverseuchten Kacke stand, wirkte sie nie attraktiver auf ihn. Denn das einzig Gute an einem kurzen Insektenleben bestand darin, im Gegensatz zu den langen Trollleben, dass sie äußerlich nie wirklich alterten. Sie besaßen ja auch keine Haut, die faltig werden konnte und sie im Alter wie eine ausgetrocknete Pflaume aussehen ließ. Oder Körperteile, die Dank der langjährigen Schwerkrafteinwirkung irgendwann nicht mehr da hingen, wo sie eigentlich hingehörten (man denke da nur an so manch Busen der Frauen, deren Nippel mit den Jahren auf Augenhöhe mit dem Bauchnabel hängen, analog zum Hodensack des Mannes, der bei manchen zwischen den Kniekehlen hängt). Diese Probleme kannten die Insekten nicht (auch keine Hammer- und Meißel- Schönheitschirurgie, Botoxbehandlungen oder *Achtung widerlich* Arschfett in die Lippen spritzen). Die meisten Insekten waren gertenschlank, bis auf diesen Koloss, der sich vor ihnen und der Freiheit auftat.

Plötzlich regte sich der Geschlechtstrieb in Pepo. „Wir müssen so schnell wie möglich raus hier Lana, irgendwohin, wo ich..." Pepo bremste seinen hormongesteuerten Schwall und flüsterte die letzten

Worte seines Satzes in unverständlicherweise zu sich selbst „…wo ich dich knallen kann."

Lana die nur den Anfang seines Satzes mitbekam, freute sich über die Kehrtwende ihres Weggefährten. „Einsicht, Junge! Einsicht!", gab sie erleichtert von sich, aber alles was Pepo verstand war „Nimm mich! Nimm mich!". Pepo wischte ungläubig über seine Augen. Die Pubertät setzte bei ihm, wenn auch ziemlich verspätet (am sicheren Ende seines Lebens) ein. Er schlug sich mehrmals heftig ins Gesicht, um die unzüchtigen Gedanken loszuwerden und sich wieder der Freiheits-Mission zu widmen.

„Liebes… ja äh, was bist du eigentlich?", fragte Pepo den Berg von einem Insekt. „Ich? Mein Name ist Bäus und ich bin ein bescheidener Pillendreher. Scheiße ist nicht nur ein Hobby von mir, sondern mein Lebenselixier (Pepo fühlte sich als Bruder im Geiste). Eigentlich bin ich Afrikaner und lebe in den Savannen. Aber ich wurde von den dort ansässigen Trollen politisch verfolgt, also habe ich mich auf ein Schiff geschmuggelt, dass mich hierher gebracht hat." Pepo konnte sich unter den Begriffen Afrika, Savannen, Schiff, politisch verfolgt, nichts vorstellen, aber weil er insbesondere vor Lana nicht dumm dastehen wollte, jetzt wo das

Angeber-Gen aktiviert war, meinte er einfach: „Ja ja, dieser Afrika und seine politisch verfolgten Schiffe in den Savannen. Ich kenn das Problem." Er winkte gelangweilt mit einem seiner Beinchen ab, so als ob er sich täglich mit dieser Problematik konfrontiert sah.

„Aber sag mal Bäus, kannst du nicht den Platz für uns frei machen, damit wir hier endlich verschwinden können?", fragte Lana. Monty und die Mücke applaudierten, wobei anhand der Schlagstärke der Mücke zu hören war, dass sie bald den Geist aufgab, wenn sie nicht bald an die frische Luft gelangte. „Aber na klar!" Der Scheißboden erbebte als sich Bäus kämpfend gegen sein Gewicht erhob.

Hinter ihm lag eine riesige Dungkugel, die den Ausgang versperrte. Mühsam stellte er sich auf seine Vorderbeine und rollte die mächtige Kack-Kugel mit seinen Hinterbeinen beiseite. „Da ist die Entriegelung!", hustete die Mücke fieberhaft. Monty und Pepo stürzten sich sofort auf sie und schafften es auf Anhieb, den Mechanismus auszulösen, der sie aus ihrer Gefangenschaft befreite. Als sich das runde Plastikteil löste und zu Boden fiel, strömte eine frische Brise Wind hinein. „Luft!", rief die Mücke, erleichtert dem Erstickungstod einmal mehr von der Schippe gesprungen zu sein.

Das gleißende Sonnenlicht blendete die vier, als sie in der geöffneten Luke standen. Ein langer Grashalm, der sich wie ein Weg zu ihnen knickte, verführte sie, die ersten Schritte in die Freiheit zu wagen. „Also Bäus, es war nett dich kennengelernt zu haben. Bleib gesund.", verabschiedeten sie sich bei ihm, doch da war der Pillendreher bereits damit beschäftigt, die mächtige Dungkugel wieder vor den Ausgang zu schieben, um für immer dahinter zu verschwinden.

Dass der Grashalm geknickt war, hatte seinen Grund. General Uften stand auf der gegenüberliegenden Seite des Büschels und erwartete die vier mit einem Teil seiner Soldaten. „Marschiert nur immer weiter, geradewegs in meine Falle!", lachte er diabolisch.

Kapitel 24

Pepo und die anderen machten auf der Stelle kehrt und liefen den Grashalm zurück bis zur riesigen Dungkugel, die den Eingang in die Dixi-Klo-Mine versperrte. Monty klopfte unermüdlich gegen sie, aber Bäus schien nichts davon mitzubekommen. Er war schon wieder mit Scheißefressen beschäftigt und selbst wenn die vier nach ihm gerufen hätten, so saß die Kackkugel so fest, dass der Schall nur daran abprallen konnte und er nichts von den Hilferufen mitbekam. So stand die Gruppe, völlig schockiert, vor verschlossenen Türen (in Form eines riesigen Kackbällchens). Ein Kampf, bei dem sie 1:100 unterlegen waren (General Uften nicht mitgerechnet), schien unausweichlich.

„Ich beiße mich einfach durch!", meinte Pepo und Lana half ihm dabei (sie verband das Nützliche mit dem Angenehmen – denn beim Anblick der zusammengerollten Fäkalien floss ihr der Speichel im Munde zusammen und sie wollte einfach nur noch hineinbeißen). Aber nach fünfzehn Minuten kontinuierlichen Kackefressens (sie kamen gerade einen halben Fliegenfuß weit, während General Uften und seine Schergen sich über sie lustig machten und ihre Verzweiflungstat mit Sätzen wie „Wartet, wartet, ich kann auch etwas dazu beisteuern." – und ein dünner Furz erklang aus der Ferne oder Kack-die-Wand-an-Sprüche, wie, „Mit dem Kopf durch die Kackwand.", kommentierten.), mussten sie sich eingestehen, dass nicht nur ihre Bäuche mehr als gefüllt waren, sondern auch, dass die Kackkugel einfach zu groß für sie war.

Pepo flehte Monty und die Mücke auf Knien an, sie sollten sich am Kackball mit durchbeißen, aber sie wehrten sich energisch dagegen und landeten lieber unverdaut in General Uftens Magen, um bei lebendigem Leib durch den ätzenden Magensaft aufgelöst zu werden, als auch nur einen Finger (Spitze eines Beins) dieser stinkenden Masse durch ihren Mund fließen zu lassen. Und selbst wenn die beiden Pepos Wunsch nachgekommen wären, die Scheiße mit gefressen und dadurch gegen zahlreiche Naturgesetze verstoßen hätten, hätte es bei dieser wuchtigen Kugel so gut wie keine Auswirkungen gehabt (außer, dass Monty und die Mücke nach dem Verzehr wahrscheinlich tot umgefallen wären). Bäus hatte wirklich eine mächtige Kugel aus Scheiße gerollt (ziemlich *Guinnessbuch der Weltrekorde* verdächtig!). Resigniert drehten sie sich der Armee des Bösen zu.

Das Lachen der Mückenarmee verhallte im Nirgendwo, als die Fangschrecke das Wort ergriff. „Seht es ein. Es gibt kein Entkommen für euch. Euer Schicksal ist besiegelt. Schnappt sie euch, Schnaken des Todes, aber lasst mir diesen Pepo. Den knöpfe ich mir persönlich vor!" Die Mücken begannen sich in die Luft zu erheben und eine nach der anderen sauste ihnen zunächst um die Ohren, um sie im Vorbeiflug zu watschen (Pepo ließen sie aus). Hinzu kam der unerträgliche Lärm des Surrens, das so penetrant klang, dass sich selbst die Gruppenmücke (die Mücke, die sich Pepo anschloss und fortan nur noch die Gruppenmücke genannt wurde) unter ihnen die Ohren zuhalten musste.

Wie benebelt versuchten sie vom Grashalm zu hüpfen und sich irgendwo in der Graslandschaft vor ihren Peinigern zu verstecken. Doch Monty landete beim Versuch, sich mit einem Faden hinabzuseilen, nur in den Fängen von 89 Mücken, die sich zu einer lebendigen, würfelförmigen Gefängniszelle formierten und ihn erst einmal abtransportierten. Bald fanden sich auch Lana und die Gruppenmücke in ihr. Nur Pepo stand noch immer auf dem Grashalm, ganz allein auf sich gestellt.

Die Fangschrecke schritt der hilflosen Schmeißfliege entgegen, mit nur einem Ziel, sie ein für allemal zu vernichten. Nur noch wenige Zentimeter trennten die beiden vor dem Erstkontakt, doch diesmal war Pepo unbewaffnet und eigentlich chancenlos. Keine abgetrennten Hornissenärsche, soweit seine Facettenaugen reichten. Er fing an sich zu putzen (was sollte er auch sonst tun?) und dabei kam ihm eine Idee - eine Idee, die weitreichende Konsequenzen hatte. Er erinnerte sich, dass er watschenlos durch den Mückenhagel kam, General Uftens Armee ihn keinerlei Beachtung schenkte und kam zu folgendem geistreichen Dünnschiss (was in der Trollsprache dem Wort „Entschluss" entspricht): „Wenn es nur General Uften obliegt mich zu töten, mich zu berühren, dann kann ich eigentlich davonfliegen und seine abartige Mückenarmee müsste mich ziehen lassen. Gott ist Lana süß, wie sie so in diesem würfelförmigen Mückenkonstrukt um Hilfe schreit."

Ohne das Für und Wider seiner Gedankengänge abzuwägen, um zu einer korrekten Hypothese zu gelangen und ohne die nötige Fluchtgeschwindigkeit auszurechnen, die er erreichen musste, um der Anziehungskraft dieses bösartigen Planeten zu entkommen, startete er seine Flügel und flog davon. Einfach so.

Nachdem sich auch Pepo kurz darauf in der Mückenzelle wiederfand, gab er das Denken gänzlich auf, was ihm neben Lana überhaupt nicht schwerfiel, weil all sein Blut aus seiner mittlerweile einzig intakten Gehirnzelle, in sein einzig intaktes Genitalteil gepumpt wurde. Er stellte sich, hormongesteuert wie er war, ganz nah zu Lana, nickte mit dem Kopf zu ihr und sprach in voller Coolness: „Was geht ab?" Doch Lana hatte keine Nerven für eine Konversation mit einem pubertierenden Greis. Stattdessen sah sie durch die dürren Mückenwaden hindurch und erkannte, dass sie sich im Sinkflug auf General Uften befanden, der füßeklopfend nach Pepo schrie.

Panik breitete sich im Käfig aus. Alle rüttelten an den dünnen, aber zahlreichen Mückenbeinen, die ein undurchdringliches Geflecht an Gefängnisstäben darstellte. Knickte ein Mückenbein ab, schob sich schon ein neues von oben herab, eine wahrlich unüberwindbare Sisyphusarbeit, da auszubrechen. Aber dann kam Lana eine gute Idee: „Verknotet die Beine! Nicht deine Monty, du Idiot, die der Mücken!" Und so verknoteten die vier ein Mückenbein mit dem einer anderen und so weiter.

Als sie vor General Uften landeten und sich die Gefängniszelle auflösen wollte (d.h. die Mücken sich wieder trennen wollten), blieben sie mit den zusammengeschnürten Beinen aneinander kleben. „Öffnet den Käfig!", befahl ihr Boss lautstark mit schwindender Geduld. Aber es ging nicht. Die Mücken zerrten was das Zeug hielt, mühten sich ab und schwitzen sich halbtot bei dem Gedanken, wie wohl die Strafe für ihren Ungehorsam aussah, falls sie es nicht schafften, sich voneinander zu lösen. Aber als die erste Mücke bei ihren Anstrengungsversuchen alle ihre Beine verlor und mit ihrem übrigen Körper im Dreck landete, verhielten sich die anderen von Jetzt auf Gleich so still, wie ein Stummer im Gespräch. Da, wo einst diese Mücke verkettet mit den anderen lag, klaffte nun ein winziges Löchlein, gerade so groß wie der Torso der Mücke, die es gefüllt hatte. Keiner seiner Kameraden wagte es sich mehr zu rühren.

Jetzt platzte der Fangschrecke der Kragen (im wörtlichen Sinne) und sie fuhr ihre kräftigen Klauen aus. Sie holte aus und schlug ein beachtliches Loch durch die ineinander verhedderten

Mücken. 17 der nun 88 Mücken, die das Konstrukt zusammenhielten, verloren dabei ihr Leben.

Rücksichtslos betrat General Uften das Loch in die Gefängniszelle, wobei er schamlos auf die toten Körper seiner Untertanen trat. „Jetzt hab ich euch!"

Kapitel 25

Pepo stellte sich schützend vor die Gruppe. „Du willst MICH! Lass die anderen gehen!", forderte er von der mehr als nur grimmigen Fangschrecke. „Ich glaube nicht, dass du in der Position bist, irgendwelche Forderungen zu stellen. Ihr habt euch alle schuldig gemacht und deswegen werde ich niemanden verschonen.", entgegnete ihm General Uften mit kühler Stimme.

Lana zählte in diesem Moment nur Monty neben und Pepo vor sich, der wagemutig als erstes in der Gruppe aufgefressen werden wollte, wie es schien. Aber es gab keine Spur ihrer Gruppenmücke. Wo war sie in den Wirren dieser bösen Angelegenheit wohl verschwunden? Lana, die mit dem Rücken an einer Mückenwand stand, suchte energisch nach einer Fluchtmöglichkeit, solange Pepo die Fangschrecke mit einem Gespräch in Schach hielt. Vielmehr feierte sich General Uften mit Lobesgesängen auf sich selbst, weil er so klug war, den bekannten Geheimgang zur Dixi-Klo-Mine als ausweglose Falle genutzt zu haben. General Uftens endloser Monolog, den Pepo von Zeit zu Zeit mit einem jubelnden „Wirklich ausgefuchst!" oder „Super gemacht!" unterbrach und ihn in seiner vollkommenen Selbstverliebtheit schmeichelte, stimmte die Fangschrecke zu noch mehr Lobgesängen auf sich selbst ein. Das verschaffte Lana viel Zeit, ihre Umgebung (die aus lauter verschnürten Mücken bestand!) für einen improvisierten Fluchtplan zu nutzen. Zunächst versuchte sie im Schatten von Monty, unbemerkt einige verknotete Mückenfüße zu entknoten. „Aua, das tut weh.", stieß eine der Mücken aus, an der sie gerade am Werke war. „Du bist doch unsere Gruppenmücke!", enttarnte Lana sie. „Ja. Bei der ganzen Hektik habe ich aus Versehen meine eigenen Beine mit denen der anderen verknotet. Bei so vielen Mückenbeinen habe ich einfach den Überblick verloren. Bitte hilf mir.", flüsterte die Gruppenmücke. Selbst für Lana war es schwer vorstellbar, beim Verknoten der eigenen Beine nicht bemerkt haben zu wollen, dass es sich um die eigenen handelte. Wollte die Gruppenmücke sich nur billig herausreden? Andererseits hatte sie Pepo an ihrer Backe, der ihr Verständnis für Logik ziemlich durcheinander gewürfelt hatte.

Sie dachte einfach nicht weiter nach und löste vorsichtig ein Beinchen nach dem anderen, sodass die Gruppenmücke schon bald wieder auf festen Füßen stand. Mehr schlecht als recht, denn sie wiesen eine leichte „S-Wölbung" auf. Aber ein Fluchtplan war das nicht. Das kleine Loch war gerade so groß, dass sich die Gruppenmücke mit Mühe und Not hindurchzwängen konnte. „Flieh wenigstens du und erzähle unsere Geschichte.", meinte Lana und drückte die Gruppenmücke, die auf halber Strecke festsaß, die entscheidenden Millimeter hindurch. Währenddessen zählte General Uften, der von der ganzen Aktion nichts mitbekommen hatte, alle seine (k)loreichen Einfälle auf („Und einmal, im Ferienlager, da hab ich doch glatt einer Ameise…" - bla bla bla).

Nach weiteren zehn Minuten kam die Fangschrecke zum Schluss ihrer Erzählungen. „Genug gesülzt. Jetzt hab ich Hunger!" Monty hob einer seiner Beine in die Luft, ähnlich wie ein Schuljunge sich meldete, der etwas sagen wollte. „Ja was denn?", fragte General Uften missmutig. „Ich habe auch wahnsinnigen Hunger.", meinte Monty. „Ich glaube du missverstehst hier etwas. Ich habe Hunger auf euch. Und deswegen fresse ich euch jetzt!", schrie die Fangschrecke und öffnete ihre Klauenarme. Nun schlotterten Pepo gehörig die Knie und sein Selbsterhaltungstrieb schien die Oberhand über den „Ich opfere mich für euch"-Gedanken zu gewinnen, denn nun wollte er sich hinter Monty verstecken. Doch der drückte Pepo immer wieder nach vorn. Auf einmal hörten sie das Surren hunderter Mücken, angeführt von der Gruppenmücke. Sie hatte die Zeit genutzt um den Soldaten des General Uften, die in der Dixi-Klo-Mine warteten, ihre Geschichte zu erzählen, so wie es Lana gefordert hatte. Und nun schlossen sie sich Pepos Gefährten an.

„Seht wie ihr von eurem General behandelt werdet!", sprach die Gruppenmücke schwebend über den toten Kameraden, die einst Bestandteil des würfelförmigen Gefängnisses waren und zermatscht auf dem Erdboden verstreut lagen. Die Fangschrecke drehte sich um und blickte aus der Isolierzelle. „Ah, der Überläufer. Und was, gedenkst du nun zu tun?", sagte ihr ehemaliger Boss herablassend, erhob angriffslustig seine Klauenarme und spreizte angsteinflößend sein Fresskauzeug, das bei jedem Satz lange Speichelfäden nach sich zog.

Die Gruppenmücke fackelte nicht lange und tutete durch ihren Stechrüssel eine militärisch anmutende Melodie. Sofort jagten aberhunderte ihrer Artgenossen vom Himmel und stachen mit ihren Stechrüsseln, die sie jetzt als Degen benutzten, auf General Uften ein. Doch dieser wusste sich erfolgreich zu wehren. Er schlug mit seinen gefährlichen Klauenarmen um sich und schleuderte dadurch viele seiner ehemaligen Soldaten vom Himmel. Viele verloren beim Aufprall ihr Bewusstsein oder Schlimmeres. Die Mücken, die sich zu ihm vorkämpfen konnten, scheiterten an seinem undurchstechlichen Chitinpanzer. Fast gelangweilt von so viel Unterforderung, schnipste er sie einfach von sich. Aber schon klebten 20 weitere wie Kletten an ihm.

Dieses Überraschungsmoment nutzten Monty, Lana und Pepo (in genau der Reihenfolge), um sich, einer nach dem anderen, hinter seinem Rücken in die Freiheit zu stehlen. Doch als die Fangschrecke durch sein ständiges hin- und herwackeln in ihren Sichtbereich kam, durchschaute er den Plan just in dem Moment, als Lana an der Reihe war und schnappte sofort zu. „Das wirst du nicht!", rief Pepo und flog mit aller Kraft gegen Lanas Körper, die durch die Wucht aus den Fangarmen schleuderte. Nun aber lag er in den Klauen von General Uften, der sich sehr über die Entwicklung freute. Endlich konnte er Rache üben. Mit erhobenem Haupt trat er komplett aus dem konstruierten Mückengefängnis, um seine Trophäe vollen Stolzes in die Luft zu halten. „Seht her. Ihr könnt mich nicht aufhalten!", schrie die

Fangschrecke, die nun Blut geleckt hatte. Egal was die Mücken, Lana und Monty auch versuchten, um Pepo aus der Umklammerung dieses Fieslings zu befreien, es trug keine Früchte. „Haut ab. Rettet eure Leben, ehe es zu spät ist!", rief Pepo, den Tod vor Augen.

Doch mit einem Mal tauchte ein Troll auf, der einen sehr langen Schlauch (nicht das, was ihr jetzt denken mögt, es handelte sich wirklich um einen Schlauch) bei sich trug, mit dessen Hilfe er die Dixi-Klo-Mine aussaugen wollte, wo sich diese grausamen Szenen davor abspielten. Unter den Mücken löste seine schiere Anwesenheit eine Massenpanik aus. Verstärkt wurde das Ganze, als er mit voller Wucht auf das konstruierte Mückengefängnis trat und dabei knapp General Uften und Pepo verfehlte. In allen Himmelsrichtungen stürmten sie nun davon. Selbst Monty ergriff panisch die Flucht. Lana sah ihn erbost an. „Trolle töten Spinnen die am Boden rumlaufen als erstes!", verteidigte sich Monty und verschwand im Dickicht der Wiese.

Nun lag es an Lana, Pepo zu befreien oder ihm nur etwas mehr Zeit zu verschaffen. Sie flog gegen General Uftens Kopf an, unerbittlich eine Runde nach der anderen. Er konnte sich nicht dagegen wehren, weil er Pepo mit beiden Fangarmen hielt. Stoisch ließ die Fangschrecke das Martyrium über sich ergehen, mit der Gewissheit, dass Lana bald die Kraft ausging. Und dann – fraß er beide.

Unterdessen schraubte der Troll den Schlauch an das Dixi-Klo fest, um es leerzusaugen. Doch der Kompressor tat sich bei diesem Kackbällchen, das Bäus gerollt hatte, wirklich schwer. Der Schlauch zitterte, stotterte, wandte sich um seine eigene Achse bis der Troll schließlich die Saugleistung erhöhte und PLOPP der Schlauch durch die Wucht des gelösten Kackbällchens aus dem Gewinde fiel. Am Schlauchende hing nun die überdimensionale Dungkugel. Angewidert betrachtete sich der Troll das runde Scheißding und überlegte, welcher der Bauarbeiter wohl zu so etwas Ekligem in der Lage war. Insgeheim tat dem Troll derjenige höllisch leid, der so etwas herauspressen musste. Angeekelt ließ er den Schlauch mit dem Kackbällchen liegen, um an seinem Kompressor, statt saugen, das Rädchen auf blasen zu drehen (die Ferkelgedanken in euren Gesichtern, herrlich!)". Mit einem grässlichen Ton blies der Schlauch nun die Dungkugel von sich und schoss sie genau in die Richtung, in der General Uften mit Pepo in seinen

Fängen stand und PLATSCH, überrollte sie ihn. Beide verschwanden in einer Sekunde und nichts war mehr von ihnen zu sehen oder zu hören. Selbst als die Kugel zum Erliegen kam.

Geschockt lief Lana an den ursprünglichen Platz des Geschehens, um der Kackspur des Bällchens am Boden zu folgen. Meterweit keine Spur von den beiden. Auf ihrem Weg stieß sie auf unzählige Kackreste unterschiedlicher Größe. Sie alle stammten womöglich von dem Bällchen, das unverkennbar durch die Reibung an Masse verloren hatte. Lieber wäre ihr gewesen, Pepo irgendwo am Wegesrand liegen zu sehen, auch wenn sie den ein oder anderen Kackrest bei ihrer Reise verdrückte.

Doch da, ein Lichtblick. Halb zerbrochen musste das Kackbällchen mit voller Wucht gegen die Dixi-Klo-Mine gekracht sein und lag nun genau unter dem Geheimausgang. Verletzt steckte die Fangschrecke in der linken Hälfte der Dungkugel fest. Nur sein Kopf und ein Fangarm, der zwischendurch immer mal wieder zuckte, ragten aus der Scheiße heraus. Fleißig, wie eine Trümmerfrau arbeitete sich Lana durch die rechte Hälfte des Kackbällchens durch, in großer Sorge um Pepo. „Pepo, wo bist du nur?", rief sie und machte danach eine kurze Pause mit den Aufräumarbeiten, um ihn eventuell irgendwo leise wimmern zu hören. Doch es tat sich nichts.

Plötzlich bröckelte ein Stück festgeklopfte Kacke aus der Hälfte, in der General Uften steckte. In Höhe seines Pos fiel sie herunter. Lana dachte bereits, dass die Fangschrecke sich befreien konnte und startete ihre Flügel, als überraschenderweise Pepo seinen Kopf, scheinbar unverletzt, hindurchsteckte. „Du lebst!", freute sich Lana und zog ihren Freund aus der Scheiße. Hustend bedankte er sich bei ihr. „Wenn ich hier rauskomme, dann töte ich euch beide, das schwöre ich!", rief General Uften. Doch als Pepo meinte, dass er Schreckliches in der Kugel gesehen hätte und dabei einen abgetrennten Oberkörper andeutete, verstummte die Fangschrecke. Als die beiden davongehen wollten, packte ihn urplötzlich doch noch der herauslugende Fangarm. „Dich nehm ich mit in die Hölle!", versprach General Uften. Aber sein Glück währte nicht lange, denn der übergewichtige Bäus stand auf einmal in der Öffnung des Geheimausgangs, 30 cm über der zerbrochenen Kackkugel. Er sprang herab und begrub General Uften unter sich. Nur sein Fangarm blieb zur Hälfte verschont. Als dieser schlapp herunterhing und Pepo keine Mühe hatte, ihn loszuwerden, wussten sie, dass General Uften nun ins Gras gebissen hatte. Bäus, der von der Dynamik dieser Dramatik nichts mitbekommen hatte meinte nach seinem Aufprall nur: „Mir ist es da oben etwas zugig geworden. Ich such mir ein neues Plätzchen."

Pepo und Lana bedankten sich innig bei Bäus, der jedoch überhaupt nichts verstand. Erst massierten sie ihn für nichts und jetzt bedankten sie sich bei ihm, nur weil er die Dixi-Klo-Mine verlässt, um sich woanders nieder zu lassen. „Freundlich, diese Amerikaner!", dachte er, als er sich erhob und den Platz der Zerstörung verließ. Ganz zermatscht lag General Uften unter ihm im Kackball und küsste einen Teil einer unverdauten Nuss, die ihm wahrscheinlich den Schädel spaltete. Da kam die Gruppenmücke angeflogen, mit acht ihrer Soldaten, an denen Monty an Spinnfäden hing und als Taxi benutzte. „Wir werden die anderen Schmeißfliegen aus den übrigen Dixi-Klo-Minen befreien und ein tolles Leben in Koexistenz führen.", verkündete die Gruppenmücke und Monty fügte dem hinzu: „Blumen für die Welt!" Und er ließ Rosenblüten über Lana und Pepo regnen.

Lana und Pepo freuten sich sehr darüber. Sie umarmten sich so innig, dass es keine freundschaftliche Geste mehr zu sein schien, sondern etwas viel Tieferes. Und zum ersten Mal in Pepos Leben, spürte er so etwas wie Romantik - und Liebe. Seine Dankbarkeit für dieses Hochgefühl äußerte sich in einem zärtlichen Anschmiegen seines Kopfes an ihren. Doch gerade als sie im Begriff waren, sich zu küssen, sackte Pepo plötzlich zusammen.

Kapitel 26

„Was hast du denn?", fragte Lana erschrocken. „Es ist mein Herz das schmerzt.", schwächelte Pepo und Lana fasste ihm an die Stelle, die ihm so wehtat, dass es ihn in die Knie zwang. „Ich glaube, meine Zeit ist gekommen!", hauchte er.

Lana hielt Pepo in ihren Armen fest und kämpfte gegen ihre Tränen an. „Nein, du wirst heute nicht sterben!", versprach sie ihm. Verzweifelt ratterte ihr Kopf nach einer Lösung die ihm helfen konnte, sein Leben zu verlängern. Dabei kam ihr die Legende von Alberto, der 33-jährigen Schmeißfliege in den Sinn, die unter einem U-Bahnschacht lebte und von einem Hot-Dog-Verkäufer unwissentlich täglich versorgt wurde. „Ich bringe dich zu Alberto der Schmeißfliege. Sie ist 33 Jahre alt und muss das Geheimnis des Lebens kennen. Noch ist genügend Zeit!"

Die Gruppenmücke landete neben den beiden. „Ich kenne einen Hot-Dog-Verkäufer, der über einem U-Bahnschacht seinen Geschäften nachgeht. Gutes Blut. Vielleicht hält sich ja dort dieser Alberto auf. Wenn uns Monty eine klebrige Trage spinnen könnte, könnten wir ihn durch die Lüfte dorthin transportieren." Monty ließ sich nicht lumpen und spann gleich drauflos. Eine Trage, die so groß war, dass auch Lana neben ihm Platz fand, war das Ergebnis. Diesmal gab sich die Spinne besonders viel Mühe und kreierte sogar ein langes Kopfkissen, das die Stöße, die beim Flug entstanden, abfederte und ihre beiden Köpfe schützte. An jeder Ecke der Trage klebte ein Spinnfaden und das Ende dieser Fäden, führte zu mehreren Mücken, die die Trage in die Lüfte erhoben. Auf ihr lagen Pepo, der sich kaum mehr rühren konnte und seine Freundin Lana, die ihm während des Flugs die ganze Zeit über die Hand hielt.

Der Flugwind strich über Pepos Flügel und wog sie sanft hin und her. Er blickte über die Landschaft unter ihm. Ein Blumenmeer in den verschiedensten Farbkombinationen offenbarte sich ihm. So prächtig hatte er die Farben dieser Welt noch nie erlebt. Erstmalig nahm er bewusst die Düfte der Blumen auf und er schloss seine Augen.

Jeder seiner schwachen Atemzüge hauchte ihm Leben ein, ein Leben, das gerade erst für ihn begonnen hatte. Doch das Leben ist nicht immer fair, weder für Schmeißfliegen, noch für Trolle oder sonst wen.

Pepo drehte seinen Kopf zu Lana, die treu an seiner Seite lag und seine Hand niemals loslassen würde. Er war noch nie glücklicher als in diesem Moment – so nah neben der Frau zu liegen, die ihm nicht nur ein Leben gab, sondern sein Leben war. Und selbst im Angesicht des Todes, erfreute ihn die Schönheit von Lana, für die er keine Worte fand und die seinen Schmerz überwinden ließ – für kurze Zeit.

„Nur noch ein halber Flugmarsch!", rief die Gruppenmücke nach unten. Ein leichtes Lächeln überkam Lana, weil sie als Einzige wusste, dass ein halber Flugmarsch keine Maßeinheit für eine Strecke war.

Ihr Lächeln zauberte auch ein Lächeln in sein Gesicht. Vielleicht, so dachte er sich, schaffte er es doch irgendwie. Diese Frau überströmte ihn regelrecht mit Kraft, die er so dringend benötigte, um dem Tod die Stirn zu bieten.

Ihre Blicke trafen sich unauflöslich und die Zeit schien still zu stehen. Die Umgebung verwischte vor seinen Augen in ein unbedeutendes Nichts. Er sah nur noch Lana.

„Bereitmachen zur Landung!", rief die Gruppenmücke, die den Sinkflug einleitete. Pepo und Lana sahen sich von so hohen Troll-Gebäuden umgeben, die bis zur Himmelspforte empor zu ragen schienen. Ungewöhnlich schmackhafte Düfte stiegen in ihre Riechorgane, die sofort Hungergefühle auslösten. Die Trolle, die sich rege auf den Straßen tummelten, bekamen von all der Tragik nichts mit (wie so oft in ihren Leben). „Festhalten, es könnte ungemütlich werden.", bereitete die Gruppenmücke die beiden auf der Trage vor.

Langsam durchflogen die Mücken mit ihren Passagieren das Gitter des U-Bahnschachtes. Der Wind, der daraus emporstieg, ließ die ganze Angelegenheit zu einem holprigen Erlebnis werden. Doch als sie das Gröbste überstanden hatten, lauschten sie in die Dunkelheit. Nichts war zu hören, außer dem quietschenden Bremsecho einer weit entfernten U-Bahn.

Lana sah über den Rand der schwebenden Trage und flüsterte den Namen Alberto. Der Schall prallte an allen Ecken und Kanten der unterirdischen Anlage ab. Ungeduldig hörte sie ihrem eigenen Echo nach, in Erwartung, Alberto würde sich endlich zeigen oder zumindest antworten. Doch auch mehrmalige Ausrufe seines Namens verliefen in den Weiten der Dunkelheit. Der Geruch eines Stück Hot-Dog-Würstchens, das neben Lana lag, erregte die Aufmerksamkeit von ihr. Sie griff nach dem Stück und teilte es in der Mitte. Die andere Hälfte überreichte sie Pepo, der es kurz beschnupperte. Kurz bevor er es verzerren wollte, stammelte er etwas von letzter Mahlzeit seines Lebens. Genüsslich biss er hinein und kam zu folgendem Resümee: „Riecht fast wie Scheiße, schmeckt aber genauso wie sie. Vielleicht sind uns die Trolle ähnlicher als wir denken."

Einige Zeit verging, in der nichts passierte. Pepo fing es zu frösteln an und er hustete vor sich hin. „Vielleicht ist es ein anderer Schacht. Die Stadt ist riesig und diese Hot-Dog-Stände stehen praktisch überall.", machte sich die Gruppenmücke auf einmal in der angespannten Stille bemerkbar. „Nichts wie raus hier!", pflichtete ihr eine weitere Mücke bei, die mit anderen eine Ecke der Trage trug. Und so verschwanden sie von dem Ort, der all ihre Hoffnungen zunichte gemacht hatte.

Während sie mit Auftrieb aus dem Schacht flogen, machte sich Pepo mit einem bedenklichen Satz bei Lana bemerkbar. Er zeigte auf den Wolkenkratzer. „Wenn ich nicht mehr bin, folge dieser endlosen Wand in den Himmel und ich werde dort auf dich warten." Lana wusste nichts darauf zu antworten, außer mit einem liebevollen Armdruckerle.

„Okay, wir fliegen jetzt eine neue Route.", informierte die Gruppenmücke die beiden. Pepo röchelte. „Bitte nicht, mir kann keiner mehr helfen.

Ich will das nicht mehr. Bitte fliegt mich zu dem Ort, an dem mir Lana ein Leben geschenkt hat." Lana wusste nicht, was er damit meinte. „Fliegt mich zur weißen Seerose am Wasserloch.", bat er und Lana erinnerte sich daran. Ab diesem Zeitpunkt begann ihr Abenteuer erst richtig - gemeinsam. Das Leben war zu allen Zeiten immer ein riesiges Abenteuer, das man nicht alleine bestreiten sollte. Besonders nicht in Pepos Fall.

Als die Gruppenmücke die Richtung änderte, wusste Lana instinktiv, dass Pepo damit sein Todesurteil unterschrieben hatte. In ihrem Kopf flehte sie ihn an, wenigstens noch einen weiteren Schacht anzusteuern. Die Hoffnung starb zuletzt, dachte sie. Aber sein letzter Wille war das Einzige, das in dieser Situation zählte. „Vergesst Kiv später nicht abzuholen. Er liegt unter einer einzelnen weißen Pflanze auf dem Feld.", wünschte er. „Versprochen!", sagte die Gruppenmücke, die den Ort sehr wohl kannte, da diese Pflanze aus all den lila und rosa Pflanzen besonders herausragte.

Nach einer Weile tauchte der Teich auf, auf dem die losgerissene, weiße Seerose dahintrieb. „Dort will ich meine letzten Augenblicke mit dir teilen.", flüsterte Pepo und es dauerte nicht lange, da landeten sie genau in der aufgegangenen Blüte in der Mitte.

Die Gruppenmücke verabschiedete sich mit einem Soldatengruß und einer Träne im Gesicht von Pepo und flog mit ihrer Gefolgschaft davon, um die anderen Schmeißfliegen aus den Dixi-Klo-Minen zu befreien, was angesichts der Übernahme als oberster Anführer der Mückenarmee kein weiteres Hindernis mehr darstellte.

So lagen die beiden Schmeißfliegen, allein, inmitten der offenen Rosenblüte. Gemeinsam blickten sie über den See und warteten auf das Unaufhaltsame. Die untergehende Sonne spiegelte sich in hunderten orange-gelben Glitzerpunkten auf der Wasseroberfläche wider. „Ein toller Ausblick.", merkte Pepo an und seufzte, als ob er so eine Aussicht nie mehr genießen würde. Ihre Köpfe füllten sich plötzlich mit Bildern, die in einer nicht allzu fernen, aber gleichwohl, besseren Zeit lagen. „Auch wenn ich mich an kaum etwas erinnern kann in meinem Leben, so danke ich dir Lana, dass ich mich an dich erinnern kann! Mehr braucht es nicht, um friedlich von dieser Welt zu gehen. Unsere gemeinsame Zeit - sie war das Beste und Schönste in meinem kurzen Leben. Ich bin froh, dass ich hier sterben darf, unter diesem klaren Himmel und in deinem Beisein, was mir so viel bedeutet. Wenn du nicht gewesen wärst, hätte ich die Schönheit der Natur, des Lebens, nie kennengelernt und wäre jetzt wahrscheinlich einsam und allein in der Scheiße der Dixi-Klo-Mine verreckt. Könnte ich nochmal von vorne anfangen, würde ich die Suche nach so viel Kacke von vornherein aufgeben. Ich mein, was nützt mir so ein Haufen Scheiße, wenn ich sonst nichts habe? Ein armseliges Leben wäre das. Stattdessen hätte ich dich von Anfang an gesucht – die Frau, die meine Seele gerettet hat und mich gelehrt hat, was wahrer Reichtum bedeutet. – Du." Lana weinte.

Hand in Hand lagen sie dort, bis die Sonne ganz hinter dem Horizont verschwand und die Nacht einläutete. Tausende Sterne füllten allmählich den pechschwarzen Himmel. „Hast du jemals Angst gehabt, jemanden zu verlieren, den du liebst.", wollte Lana von Pepo wissen. „Ja, in diesem Moment. Egal wie kurz mein Leben auch war. Du warst das Beste darin und ich hätte mit niemanden tauschen wollen.", hauchte er und ihr Herz wurde weich.

Minuten vergingen, in denen sie einfach nur in das Universum blickten. Doch mit einem Male stimmte etwas nicht. Pepos Hand lag schlaff in ihrer. Sie fühlte sich schrecklich. Die Angst überkam sie.

Sie wollte das Schicksal einfach nicht akzeptieren, das ihr in diesem Moment nur Unglück und Schmerz brachte.

Lana traute sich kaum seinen Namen auszusprechen, doch dann entglitt ihr er doch. „Pepo.", keuchte sie und unterdrückte das Schniefen ihrer Traurigkeit. Sie beugte sich über ihn. „Pepo, wach doch auf.", flüsterte sie und schüttelte leicht seinen reglosen Körper. „Pepo, du kannst mir das nicht antun, hörst du?", schrie sie verzweifelt. Doch er gab ihr keine Antwort mehr.

Der Wind trug ihre Verzweiflung an das Ufer, wo die Gruppenmücke und Monty andächtig ihre Köpfe senkten. Lana blieb die ganze Nacht an Pepos Seite und wich keinen Zentimeter von ihm. Irgendwann schlief sie ein. Der nächste Morgen sollte ein tränenreicher Abschied werden.

Kapitel 27

Am nächsten Tag, als der Tau noch frisch auf den Wiesen und Äckern schimmerte, versammelten sich alle geretteten Grashüpfer, Schmeißfliegen, die Spinne Monty und die Gruppenmücke mit dem Schwarm, der die Trage tags zuvor getragen hatte, die Glühwürmchen, die Pepo den Weg zu Lana leuchteten, sein bester Freund Kiv und selbst Bäus, am Ufer des Teichs. Als Zeichen ihrer Anteilnahme und Tribut Pepo gegenüber, hatten sie sich alle eine Narbe auf ihre Hinterleiber gemalt.

Der Schwarm Mücken flog zur Seerose, die weit im Wasser vor sich hinschwamm. Sie zielten mit Montys Spinnfäden, die wie Fangseile geformt waren, auf einige der Blütenblätter. Mehrere Versuche waren nötig, die Blütenblätter in die Schlingen zu bekommen. Schließlich schaffte es auch die letzte Mücke. Dann zogen sie die Seerose langsam ans Ufer (sie durften den Karpfen nicht darauf aufmerksam machen).

Kleine Wellen brachen an dieser ehrwürdigen Pflanze, die zwei kostbare Schätze beherbergte. Es kam den Insekten und der Spinne am Ufer wie eine halbe Ewigkeit vor, bis die Seerose knapp vor ihnen am Uferrand zum Stehen kam. Ihre Gedanken kreisten um die schreckliche Tragödie, der sie ihr eigenes Leben verdankten.

Als die Gruppenmücke zur Blüte hinaufflog, um Lana zu wecken, machte er eine schreckliche Entdeckung. Auch sie hatte in jener Nacht den Tod gefunden, aber nie seine Hand losgelassen. Überwältigt von seiner Trauer, drehte sich die Gruppenmücke zu den Anwesenden und an seiner Geste konnten sie den Schrecken ablesen. „Er, starb am Alter und dem Kampf gegen die Tyrannei – Sie, an einem gebrochenen Herzen.", kommentierte sie tief berührt. Alle sanken ihre Häupter. Es gab praktisch niemanden, dessen Auge trocken blieb.

„Heute ist ein Tag des Abschieds.", sprach die Gruppenmücke. „Ein Abschied von zwei Individuen, die selbstlos unser aller Leben gerettet haben, darunter auch meins. Viele von Euch wussten es vielleicht nicht, aber Pepo litt an Amnesie. Nachdem er drei Tage alt war und in Gefangenschaft des Don geriet, wehrte er sich energisch dagegen. Die Strafe für sein aufmüpfiges Handeln lautete *Kelch des Vergessens*. Dort war er 29 Tage gefangen. Lana wollte ihn daraus befreien, wurde aber erwischt und musste seitdem als Handlanger für General Uften arbeiten. Als Druckmittel diente ihm ihre Familie.

Als zwei jugendliche Trolle den Kelch fanden, spielten sie mit ihm. Sie schüttelten ihn wild umher, aber das war nicht genug. Irgendwann schmissen sie eine runde Substanz hinein, die den Inhalt des Kelchs fontänenhaft herausschießen ließ und mit ihm auch Pepo. Niemand wusste, wo er war, aber aus Angst, er könnte einen erneuten Aufstand wagen, gab der Don den Befehl ihn zu suchen, um ihm endlich den Garaus zu machen. Und wie die Geschichte endet, wisst ihr mit dem heutigen Tag.

Und an alle Schmeißfliegen: Alberto ist nur ein Mythos. Wir haben ihn noch die ganze Nacht gesucht, aber nicht gefunden. Vielleicht streben alle Geschöpfe nach diesem Ewigen, weil wir Angst vor dem Unbekannten haben. Aber Fakt ist, dass wir wahrscheinlich nur dieses eine Leben besitzen und sich niemand darum schert, außer uns selbst. Wenn wir nicht bereit sind für unser Leben zu kämpfen, dann kämpft womöglich keiner darum. Auch für diese Erkenntnis möchte ich diesen beiden danken, denn sie ist untrennbar mit ihrer Geschichte verwurzelt.

Und in den dunkelsten Stunden unserer Existenz passiert es dann hin und wieder, dass Helden wie Pepo und Lana geboren werden. Und dafür möchte ich mich bei ihnen bedanken. Wenn

Pepo auch nicht viele Möglichkeiten in seinem Leben gehabt hat, so hat er sie doch genutzt. Viele von uns haben ein längeres Leben vor sich, aber gewiss nicht den Mut, statt nur zu existieren, wirklich zu leben. Ihre Taten bleiben unvergessen. Heute und bis in alle Ewigkeit, zolle ich diesen beiden wunderbaren Geschöpfen meinen tiefsten Respekt. Mögen sie für immer in Frieden ruhen."

In dem Moment, als die Gruppenmücke ihre Rede beendete, verschloss sich die Blüte um Pepo und Lana. So als ob sie den Schatz, der in ihr ruhte, beschützen und nie wieder preisgeben wollte. Und wer weiß, vielleicht treibt sie noch immer dort - an einem Ort, wo wir Menschen Ruhe und Entspannung suchen und sicher nicht an das Schicksal von Schmeißfliegen denken - in einem Park mit Teich.

Tierische Geschichten für Erwachsene.

Pepo ist nur der **Auftakt** einer Reihe von Büchern die umfassend als „Tierische Geschichten für Erwachsene" gilt.

Der **zweite Band** *„Bruce die Fangschrecke, in, Bruce will es – zwischen Begierde und Tod"* ist gerade im Entstehen und wird bald über Amazon erhältlich sein.

Danke für euren Support.

J.D.Bennick

Danke an meine liebe Familie. Ihr seid die Besten!